Forajido por error

L. RONALD HUBBARD

Forajido
por error

GALAXY
PRESS

Publicado por
Galaxy Press, LLC
7051 Hollywood Boulevard, Suite 200
Hollywood, CA 90028, USA

ISBN-10 1-59212-968-4
ISBN-13 978-1-59212-968-3

SPANISH

Contenido

Relatos de la Edad de Oro del género *pulp*

Fue, en efecto, una edad de oro.

Las décadas de 1930 y 1940 tuvieron un marcado dinamismo y una importancia fundamental para un público extraordinario de ávidos lectores, probablemente el público más numeroso de lectores per cápita que haya habido en la historia de Estados Unidos. Los estantes de revistas rebosaban de publicaciones de bordes dentados y portadas llamativas realizadas con un papel barato, rústico y amarillento a precios accesibles. Era la mayor emoción que podía caer en tus manos.

Las revistas «pulp», así llamadas por el burdo papel que empleaban, hecho con pulpa de celulosa, eran el vehículo para acceder a toda una serie de relatos tan asombrosos que ni a la propia Scheherazade se le habrían ocurrido en un millón y una noches. Claramente diferenciadas de otras revistas más «sofisticadas», de más categoría, impresas en papel satinado y elegante, las revistas *pulp* eran para «el resto de los mortales» y ofrecían una aventura tras otra a todo aquel que disfrutara leyendo. Los autores del género *pulp* eran escritores que no seguían ninguna regla establecida; eran narradores de pura cepa. Para ellos lo importante era que el argumento tuviera un giro inesperado y emocionante, un personaje aterrador o una aventura espeluznante, no una prosa espléndida o metáforas enrevesadas.

El volumen de relatos publicados durante aquella maravillosa época dorada sigue siendo incomparable al de cualquier otro período de la historia literaria: fueron cientos de miles de relatos publicados en más de novecientas revistas distintas. Algunos de los títulos sólo tuvieron una o dos ediciones; gran parte de las revistas sucumbieron a la escasez de papel durante la Segunda Guerra Mundial, pero otras permanecieron unas cuantas décadas más. Los relatos *pulp* siguen siendo un tesoro escondido lleno de historias que uno puede leer, adorar y recordar. El argumento y los personajes guiaban este tipo de relatos, en los que siempre había héroes distinguidos, perversos malvados, hermosas damiselas (a menudo en peligro), planes diabólicos, lugares asombrosos, romances intensos. Los lectores querían que los transportaran a otros mundos distintos a la vida prosaica, vivir aventuras muy alejadas de sus vidas rutinarias, y el género *pulp* casi nunca los decepcionaba.

En este sentido, el género *pulp* sigue la tradición de toda la literatura memorable. La historia ha demostrado que los buenos relatos son mucho más que mera prosa elegante. William Shakespeare, Charles Dickens, Julio Verne, Alejandro Dumas y Miguel de Cervantes, por citar algunas de las figuras más destacadas, escribieron sus obras para los lectores, no sólo para sus colegas literarios y admiradores académicos. Y los escritores del género *pulp* no eran la excepción. La profusa circulación de estas publicaciones llegaba a un público que eclipsaba el de las revistas de relatos de hoy en día. Más de treinta millones de ávidos lectores adquirían y leían revistas *pulp* todos los meses. A los escritores del género no se les pagaba, por lo general, más que un céntimo por palabra, de modo que o eran prolíficos, o se morían de hambre.

Aunque no hay un equivalente claro a la ficción *pulp* norteamericana en la literatura española, el término es conocido por los lectores latinos como «los *pulp*» o «la literatura *pulp*». Durante las décadas de los años 40 y 50 héroes como La Sombra (The Shadow), Bill Barnes o Doc Savage fueron populares en España, en ediciones muy similares a las originales norteamericanas. Esto llevó a la creación de colecciones de ficción popular, llamadas «literatura de kiosco» o «novelas de a duro» o más tarde «bolsilibros», principalmente las historias del oeste de Marcial Lafuente Estefanía o las aventuras de El Coyote (una especie de héroe enmascarado al estilo de El Zorro), obra del gran José Mallorquí. En los años cincuenta la ficción *pulp* se hizo popular con Pascual Enguídanos y su «Saga de los Aznar», escrita bajo el pseudónimo de H. G. White, el equivalente español a la *space opera* y la ciencia ficción americana de ese período.

Los escritores *pulp* también tenían que escribir con agresividad. Richard Kyle, editor de *Argosy*, la revista más destacada y la que duró más tiempo, lo explicó sin rodeos: «Los mejores escritores de las revistas *pulp* trabajaban en un mercado que no escribía para los críticos ni intentaba satisfacer a los anunciantes tímidos. Al no tener que responder ante nadie, salvo los lectores, escribían sobre seres humanos al filo de lo desconocido, en los nuevos territorios que se explorarían en el futuro. Escribían para lo que nos íbamos a convertir, no para lo que ya habíamos sido».

Algunos de los nombres más duraderos que honraron el género son H. P. Lovecraft, Edgar Rice Burroughs, Robert E. Howard, Max Brand, Louis L'Amour, Elmore Leonard, Dashiell Hammett, Raymond Chandler, Erle Stanley Gardner, John D. MacDonald, Ray Bradbury, Isaac Asimov, Robert Heinlein y, por supuesto, L. Ronald Hubbard.

En pocas palabras, Hubbard fue uno de los autores más prolíficos y exitosos de la época. También fue uno de los que más perduró —prueba de ello es la presente antología— y uno de los más legendarios. Todo comenzó a los pocos meses de haber probado suerte como escritor de ficción. Los relatos de L. Ronald Hubbard aparecieron en las revistas *Thrilling Adventures, Argosy, Five-Novels Monthly, Detective Fiction Weekly, Top-Notch, Texas Ranger, War Birds, Western Stories*, e incluso *Romantic Range*. Era capaz de escribir cualquier género y sobre cualquier tema, desde exploradores de la selva a buceadores de las profundidades marinas, desde agentes secretos, gánsteres, vaqueros y pilotos expertos a montañeros, detectives impasibles y espías. Pero cuando realmente comenzó a brillar con luz propia fue cuando dirigió su talento hacia la ciencia ficción y la fantasía y escribió casi cincuenta novelas o novelas cortas, que cambiaron para siempre la forma de estos géneros.

Siguiendo la tradición de otros afamados autores, como Herman Melville, Mark Twain, Jack London y Ernest Hemingway, L. Ronald Hubbard vivió en persona una serie de aventuras que hasta sus propios personajes habrían admirado: fue etnólogo entre tribus primitivas, explorador e ingeniero en climas hostiles, capitán de navíos en cuatro océanos. Escribió incluso una serie de artículos para la revista *Argosy* titulada «Trabajos infernales», en los que experimentaba y hablaba de las profesiones más peligrosas que podía ejercer un hombre.

Por último, y sólo por añadidura, también fue fotógrafo competente, artista, cineasta, músico y educador. Pero sobre todo fue escritor, y ese es el L. Ronald Hubbard que llegamos a conocer a través de las páginas de este volumen.

Esta selección de relatos es una muestra de algunas de las mejores historias de L. Ron Hubbard de los tiempos gloriosos de la Edad de Oro de las revistas *pulp*. En estos volúmenes, los lectores son invitados a toda una gama de géneros: ciencia ficción, fantasía, western, misterio, thriller, terror, incluso romance: acción de todo tipo y en todas partes.

Las revistas *pulp* se imprimían en papel de muy bajo coste con alto contenido en ácidos y por lo tanto no eran revistas concebidas para soportar el paso del tiempo. Con el transcurrir de los años, los números originales de todas las revistas, incluidas *Argosy* y *Zeppelin Stories*, continúan estropeándose con el tiempo y reduciéndose a polvo amarillento. Esta colección conserva los relatos de L. Ronald Hubbard de esa era y los presenta con el aspecto característico de la época, lo que proporciona un sabor nostálgico de aquellos tiempos.

Los relatos de la Edad de Oro de L. Ronald Hubbard son para todos los gustos y para todo tipo de lectores. Con ellos rememorará una época en la que la lectura de obras de ficción constituía un pasatiempo sano y placentero, la mayor diversión que podía tener un niño en una tarde lluviosa o un adulto tras la dura jornada laboral.

Elija un relato y reviva el placer de la lectura, el placer de acurrucarse en el sillón con una *gran historia* entre las manos.

—Kevin J. Anderson

KEVIN J. ANDERSON ha escrito más de noventa libros de ficción especulativa muy aclamados por la crítica, entre los que cabe citar *Expediente X, La saga de los siete soles*, la continuación de *Las crónicas de Dune* con Brian Herbert y la novela *¡Ay, Pedrito!* basada en el relato original de L. Ronald Hubbard, un gran éxito de ventas según la lista del *New York Times*.

Forajido por error

Capítulo Uno

Las grandes manos de Lee Weston se aferraron con firmeza al mango de la pala. Por unos instantes se quedó paralizado hasta que, tomando aliento para contener un estremecimiento de dolor, comenzó a echar aquel fango espeso y rojizo en la tumba hasta cubrir el cuerpo de su padre.

Ya estaba hecho. Las dos varas de mezquite que había atado en forma de cruz con una tira de cuero sin curtir proyectaban su sombra sobre aquella tierra baldía y fea.

Lee Weston tiró la pala, se dio la vuelta y regresó con paso cansino al montón de cenizas aún humeantes que había sido su hogar. No quedaba nada. Ni siquiera había sobrevivido el marco que rodeaba la fotografía de su madre.

Con la mirada fija en los corrales destruidos y las cenizas de lo que hasta entonces había sido el establo, dirigió las manos distraídas hacia los revólveres que colgaban sobre sus muslos y se frotó las palmas contra las cachas de nogal, como si le picaran.

Su joven rostro ofrecía un aspecto demacrado y sus ojos azules parecían sondear las profundidades del infierno. Tres semanas cabalgando, lo que habría acabado con cualquier hombre más débil, tres caballos muertos bajo su montura y ahora… esto.

Se acordó de la carta que tenía en el bolsillo y la sacó. El viento gélido de la mañana agitaba el papel manchado.

Hijo:

Ojalá pudieras venir, aunque sólo fuera por poco tiempo. Sé que estás ganando dinero y que te estás abriendo camino en la vida, también sé que probablemente sigas pensando que fui demasiado duro contigo a veces, pero créeme, hijo mío, cuando digo que te necesito.

Los días del pequeño ranchero de Pecos Valley han llegado a su fin y vienen cuadrillas organizadas con mejor ganado y más capital. Los hombres creen que con su dinero pueden comprar aquello por lo que otros hombres han dado su vida.

Algún día mi parte de esta pradera será tuya. He intentado conservarla para ti, hijo mío. Pero ahora necesito ayuda. Harvey Dodge, el cuatrero que conocí en la vieja Cañada Chisholm, ha llegado.

¡No me falles, por favor!

Tu padre,
Tom Weston

Lee volvió a meter la carta en el bolsillo de los zahones. El nombre Harvey Dodge había quedado grabado a fuego en su visión de tal manera que allá donde mirase las letras bailaban ante él como escritas en llamas.

Apretó los firmes labios con amargura. Tres caballos muertos y tres semanas infernales… ¡todo por llegar unas horas tarde! Examinó las huellas de los cascos de los caballos en la tierra revuelta y supo que habían sido al menos veinte los jinetes que llevaron a cabo aquel asalto. De haber llegado antes del ataque, ahora quizá estaría muerto. Pero no pensaba en ello. Sólo había una cosa que le ocupaba la mente: encontrar a Harvey Dodge y meterle doce balas en el cuerpo.

Había pensado a menudo en volver a casa, pero nunca soñó con aquella escena. Cenizas humeantes y hombres muertos: tres jinetes desplomados en el suelo, tal vez amigos o enemigos, no lo sabía.

Volver a casa, con el olor acre de la pólvora todavía flotando en el aire. Volver a casa y descubrir que ya no existía.

Se volvió hacia su montura con la intención de alejarse de allí. Pero el caballo se encontraba absolutamente abatido, con sudor reseco sobre los ijares y los ojos vidriosos de cansancio. Lee cogió el lazo del pomo de la silla y se dirigió hacia la pequeña manada de potros que había escapado de los corrales. Arrojó el lazo sobre la cabeza de un bayo que no había salido huyendo con los demás. Hasta los caballos habían cambiado; claro que Lee se había ausentado seis años.

Ensilló el caballo, olvidándose de que él mismo se caía de cansancio. Ya no veía las cenizas, ni tampoco el montón de tierra. Lo único que veía eran aquellas letras llameantes que formaban el nombre de Harvey Dodge.

Wyoming lo había curtido, le sobraban razones para confiar en su capacidad de desquitarse.

No tomó el camino de las carretas que conducía a Pecos. Conocía uno mejor. Restallando la fusta sobre el lomo del caballo, cruzó el valle, descendió barrancos y atravesó vaguadas surcando a la velocidad del rayo aquel paisaje de salvia y levantando a su paso una gran polvareda blanca.

Para él sólo había una forma de resolver aquello, y hasta no resolverlo sabía que su mente permanecería nublada por la fría ira que le sobrevino nada más ver las ruinas humeantes.

Condujo su veloz caballo a la calle principal, la única que había en aquella desierta población ganadera. El lugar estaba muerto, pese a que sólo faltaba una hora para el mediodía. Se oyó el gañido de un perro que salió disparado a refugiarse del sol. En el cobertizo de la tienda del pueblo, unos cuantos holgazanes se pusieron en guardia, sobresaltados ante la visión de aquel vaquero solitario que poco a poco detenía su marcha y desaparecía por completo en su propia polvareda. Cuando la amarillenta neblina se despejó, los holgazanes del cobertizo dirigieron una escrutadora mirada al atuendo del forastero y, por el lazo y la silla, supieron que venía del norte. Lee se acercó un poco más.

—¿Alguno de ustedes puede indicarme el paradero de Harvey Dodge?

Un anciano lo miró fijamente y acto seguido se quitó la pipa de su desdentada boca.

—Vaya, vaya…, ¿no eres tú el hijo de Tom Weston? Tom estuvo por aquí anoche. Supongo que lo encontrarás en su rancho.

—Tom Weston está muerto —respondió Lee—. Estoy buscando a Harvey Dodge.

El anciano negó con la cabeza, evitando con prudencia tomar partido por algún bando en la inminente contienda que percibió de inmediato.

6

—Será mejor que le preguntes a Tate Randall. Él es ahora el sheriff de aquí. Ahí delante está su oficina.

Lee dirigió su fría mirada a los hombres del cobertizo. Estos se movieron inquietos por un instante, pero decidieron seguir el ejemplo del más anciano.

—Muchas gracias —respondió Lee con gravedad.

Se apeó del caballo y lo condujo a la baja construcción de adobe, mitad oficina y mitad cárcel, que albergaba la ley y el orden de Pecos, Nuevo México.

Un individuo de rostro curtido y reseco por el sol, con una estrella en el pecho, dormitaba sobre una pila de carteles en los que se ofrecían recompensas, espabilándose de vez en cuando para dar un manotazo a una mosca que le zumbaba en el oído. Pero nada más percibir una sombra en la puerta, y guiado por su instinto de supervivencia, Tate Randall despertó de inmediato con una mano medio extendida a modo de bienvenida y la otra en el Colt que colgaba sobre su muslo. Sus ojos claros bizquearon al contemplar a Lee.

—¡Esto sí que es una sorpresa! ¡Lee Weston!

—Así es.

—¡Te imaginaba en algún lugar de Wyoming, pasándotelo en grande! Ya verás lo contento que se va a poner nuestro querido Tom cuando te vuelva a ver. Siempre se quedaba un rato en la oficina de correos para leernos tus cartas. Pensé que…

—A mi padre lo mataron ayer. Incendiaron la casa y el ganado se escapó. Se lo diré sin rodeos, Randall. Estoy buscando a Harvey Dodge.

—¿Qué? ¡Eso es una locura! Harvey Dodge llegó y compró el rancho más grande de todo el valle. Probablemente sea el mayor ranchero de la zona. ¡Jamás haría una cosa así, te lo aseguro!

—Le repito que estoy buscando a Harvey Dodge.

Tate Randall se levantó y negó con la cabeza.

—Mira, hijo, con la pólvora que he quemado en mi vida y el plomo que he disparado podría declarar una guerra y hundir una chalana. Si tuviera que volver a hacerlo, usaría la cabeza y dejaría que fuera la ley la que se encargue de la búsqueda y el tiroteo que haga falta. Si te pones a perseguir a Dodge a golpe de pistola sin más pruebas de las que tienes, sólo puede ocurrirte una cosa. Nos obligarás a levantar un patíbulo aquí mismo para colgarte. Reflexiona. Si quieres te acompaño al rancho a ver esa matanza y después…

Lee se dio media vuelta indignado y encaminó sus pasos hacia la puerta, pero estaba bloqueada por un caballero corpulento y bien afeitado, vestido con un sayo. Cuando Lee le vio los ojos y las manos, pensó: «¡Es un tahúr!».

—¿Qué ocurre, Tate?

—Doherty, quiero presentarte a Lee Weston, el hijo de nuestro querido Tom.

Ace Doherty le extendió una mano excesivamente ornamentada de diamantes que Lee estrechó con reservas.

—Doherty —prosiguió Tate Randall—, este joven se propone ir a la caza de Harvey Dodge. Quiero que le confirmes que Harvey se ha ausentado.

—Es cierto, no está por aquí —obedeció Doherty—. Pero

te equivocas con Dodge, muchacho. No es de los que cometen ese tipo de atropellos, como matar a tu padre.

—No recuerdo haberle dicho que mi padre hubiese muerto —dijo Lee.

—Me lo han dicho en la tienda —respondió Doherty—. Bueno, trata de calmarlo, Tate. Eres tú el que representa la ley y el orden en esta región.

Dicho esto, se alejó.

Lee volvió a dirigirse a Randall.

—Está bien que intente aplacarme, pero en este momento lo único que cuenta es esto, Randall. Anoche, unos veinte hombres atacaron a mi padre. Me había dicho por carta que el único enemigo que tenía era Harvey Dodge. Y pienso ir a verlo.

—Bueno —señaló Randall encogiéndose de hombros—, si no confías en la justicia, no confías y ya está. El problema con ustedes, los pistoleros, es que…

—Yo no soy ningún pistolero.

Randall esbozó una fría sonrisa al tiempo que dirigía la mirada hacia los gastados revólveres que colgaban sobre los muslos del joven.

—Tal vez no sea eso lo que tengo entendido.

—Tal vez —respondió Lee—. Pero en Wyoming todavía no se permite que ningún tribunal ni ningún sheriff se deje influenciar por maleantes.

—Será mejor que retires lo que acabas de decir, hijo.

—Me reservo la opinión. Pero aquí todo el mundo se lo toma con demasiada calma. ¡Todo el pueblo sabe desde hace horas lo sucedido en *Lightning W*, y mientras tanto usted sigue aquí sentado!

Haciendo caso omiso de la súbita mirada desafiante que acudió a los ojos del viejo pistolero, Lee le dio la espalda y salió a la cálida luz del sol. Lo primero que advirtió fue que la calle estaba desierta; hasta los holgazanes del cobertizo habían desaparecido. Se puso tenso al ver que un vaquero quitaba de en medio a un potro afortunado para evitar que sufriera algún percance.

Lee se acercó a su caballo con cautela. Pero aquello no tenía buena pinta. Sintió que un escalofrío le recorría la espalda y se dio la vuelta para mirar de frente el cobertizo de la cantina *Silver Streak*. Vio a un hombre fornido con los brazos a la altura de la culata de sus revólveres. No estaba afeitado y su aspecto era sucio. Con todo, imponía una cierta autoridad.

—¿Así que andas buscando a Dodge?

Lee se detuvo.

—¿Puedes decirme algo?

—Creo que sí —respondió el hombre del cobertizo con voz cansina.

Fue entonces cuando sucedió. Como una serpiente al ataque, las manos de aquel tipo se abalanzaron sobre los revólveres. Lee dio un brinco hacia la derecha y sacó los suyos de inmediato. Del cobertizo salió un estruendo ensordecedor y, acto seguido, la descarga de Lee atravesó la nube de humo que flotaba entre los dos.

Ante sus ojos apareció un par de botas bajo aquella nube blanca. El pistolero fue encogiéndose poco a poco; las manos, aún aferradas a los revólveres, descansaban sobre el estómago. Intentó un último disparo, pero la bala no hizo sino surcar el polvo. Después se quedó inmóvil.

Lee advirtió unas puertas que se abrían de par en par al otro lado de la calle. De ellas salieron tres vaqueros quienes al ver con total asombro al hombre que yacía en el suelo empuñaron sus revólveres.

Enfrente se abrió otra puerta por la que asomó la boca de un Winchester. Comprendió entonces que eran muchos y que había demasiados flancos. Metió la puntera de la bota en el estribo del caballo y se dio la vuelta a toda prisa. Hubo un tiroteo ensordecedor y una de las balas estuvo a punto de derribarlo. El disparo de otro hombre le entumeció la pierna.

Con gran audacia, Lee abrió fuego contra los vaqueros, lo que les obligó a agazaparse por un instante. Espoleó su caballo y salió de allí a toda velocidad mientras el Winchester hacía crujir el aire sobre su cabeza.

Agarrándose con fuerza al pomo de su silla, el rostro lívido de dolor, dirigió su veloz caballo hacia la pradera y una vez allí puso rumbo al norte, hacia el cerro azulado que se alzaba a lo lejos.

Lee sabía que aquello no había hecho más que empezar. El hombre del cobertizo del *Silver Streak* era demasiado joven para ser Harvey Dodge. Sabía que no era más que el principio, pero con su vida escapándose a borbotones por sus dos heridas, también sabía que no tenía muchas probabilidades de terminar nada que no fuera su propia existencia.

Capítulo Dos

Poco a poco, la proximidad de la muerte fue borrando todo lo demás de su cabeza. Cabalgaba como inmerso en una roja pesadilla de dolor, sin aflojar la marcha porque aún veía la nube que anunciaba la incesante persecución. Tenía que adentrarse en las montañas como fuera.

De niño había cabalgado por aquel terreno muchas veces. Tan bien lo conocía que logró llegar a la boca del cañón que ascendía y se adentraba en un enmarañado laberinto de barrancos y cumbres de montaña. Sabía que más adelante corría un arroyo y que en su orilla estaba la cabaña de un viejo trampero, tan bien oculta que eran pocos los vaqueros, más dados a las llanuras, que se habían topado con ella. Aquel lugar, donde en tiempos pasara dichosas semanas pescando truchas, era la única posibilidad de seguir con vida, siempre y cuando lograra llegar aún consciente.

El escarpado sendero del cañón iba quedando atrás. El aire era cada vez más tonificante, impregnado del aroma de los pinos que susurraban a merced del viento serrano. Llegó a la bifurcación de los senderos de caza, con la seguridad de que un error en aquel momento sería su fin. Subió por las tortuosas crestas de los cerros y logró que el caballo descendiera poco a poco por los despeñaderos.

Más adelante percibió el ruido del agua. Pero los pinos la ocultaban y además no estaba seguro de que fuera el arroyo que buscaba. Fue entonces cuando vio el destello de aquellas aguas plateadas y bulliciosas y supo que no estaba equivocado.

Hubo otro inconveniente que empezó a atormentarlo. No tenía botiquín. Iba a tener que estar varios días sin salir de caza para procurarse alimento. Se estremeció al comprender que no había puesto rumbo hacia su salvación, sino hacia una lenta muerte por inanición.

En cierta ocasión, mientras hacía prospecciones en el terreno, se topó con el esqueleto en descomposición de otro buscador al que le había sorprendido una tormenta. Recordaba bien las huecas órbitas de unos ojos que habían contemplado el cielo azul y que ya no volverían a ver nada. Tal vez a él también lo encontrarían así algún día, con los revólveres oxidados y el cuerpo esparcido por el suelo, presa de lobos hambrientos…

Tenía los brazos entumecidos por la firmeza con que se agarraba al pomo de la silla. Apenas acertó a alzar la cabeza para ver si la cabaña aún seguía allí. Le pareció captar su vaga silueta, y fue entonces cuando el deseo de vivir se extinguió. Se deslizó de la silla sin hacer ruido y se dejó caer en aquella alfombra de pinochas. Cuando la consciencia ya lo abandonaba, oyó una pisada.

¿Había llegado hasta aquí sólo para que volvieran a atraparlo? Con gran debilidad intentó empuñar las armas, pero le fallaron las fuerzas. Desesperado, trató de enfocar la mirada en la persona que se acercaba.

No le sorprendió que se tratara de una chica. Nada podía sorprenderlo en aquel momento. Detrás de ella había un viejo vaquero de cabello canoso y mirada hostil.

Lee advirtió que la joven dejaba la caña de pescar y se acercaba más y más. Tuvo una vaga imagen del cabello iluminado por el sol, las manos suaves y unas botas de pescar que le llegaban hasta la cadera. Después no supo nada más.

Ellen Dodge le desabrochó la camisa y vio la herida que tenía en el pecho. Era una chica del oeste, criada en un rancho, de modo que la violencia no le era ajena. Fue por ello que reaccionó con compasión y no con temor o espanto.

—Trae agua, Buzz.

El viejo se rascó la poblada y polvorienta barba y entornó los ojos legañosos.

—Yo que usted, señorita Ellen, no me metería donde nadie me llama. Jamás he visto a este tipo, pero lleva dos revólveres y, por los zahones que tiene, es de Wyoming. No es de por aquí, y créame que no puede traerse nada…

Ella se levantó y dio una patada en el suelo.

—Buzz Larsen, estoy segura de que serías capaz de dejar morir a tu propia madre con tal de no meterte en líos. Y ahora, ve a buscar agua y no se hable más del asunto.

Buzz obedeció; cogió un cubo de lona y bajó hasta el arroyo. Ellen corrió a la cabaña en busca de un botiquín y regresó en el momento que Buzz se disponía a vaciarle el cubo en la cabeza.

—¡Buzz! ¿Es que no te queda una gota de compasión en las venas? Es mejor dejarlo inconsciente. Tiene una bala…

—¡Santo Cielo! —respondió Buzz—. Tiene usted más valor

que nadie. No me diga ahora que va a sacarle la bala, como hizo con aquel caballo al que disparó.

Ella no respondió, ya estaba en ello.

—Nunca he visto nada igual —dijo Buzz, perplejo—. En cuanto ve algo con aspecto enfermizo ya no hay quien la pare. Esto nos va a traer problemas, y si no al tiempo. Lo veo venir.

Ellen siguió adelante con desenvoltura hasta terminar al fin con el vendaje.

—Sujétale la cabeza y ayúdame a meterlo en la cabaña.

—¿Cómo sabemos que no estamos escondiendo a un delincuente? —preguntó Buzz.

La joven le dirigió una elocuente mirada y él se apresuró a cumplir sus órdenes. Cargaron con Lee entre los dos, lo metieron en la destartalada cabaña y lo tumbaron sobre un montón de mantas limpias. Ella lo tapó con ternura.

—Es muy joven —señaló—. No puede ser mala persona.

—¿Ah, no? Sepa, jovencita, que esos son los peores. Yo a su edad me recorría el Mississippi de arriba abajo quemando pólvora. Era el terror de todos los que por allí pasaban. Recuerdo una vez…

—Viene alguien —dijo ella con voz tensa.

Buzz, a quien las armas habían dejado un poco sordo, tardó algo más pero al fin oyó ruido.

—Serán unos quince o veinte. Algo andan buscando. Se lo dije, Ellen. Este tipo no…

—Buzz Larsen, una sola palabra sobre este ser humano, y… y…

—Espero que algún día logre terminar esa amenaza, señorita Ellen. Siempre me deja en vilo.

—Una sola palabra y lo pagarás con tu vida —respondió ella desafiante—. Que vengan a buscarlo cuando se haya recuperado y pueda valerse por sí mismo, si quieren, pero entregarlo ahora sería un asesinato. Además, no creo que haya hecho nada malo.

—Esos hombres vienen siguiéndole el rastro, no hay duda —dijo Buzz, todavía aguzando el oído.

Salieron los dos al claro y dirigieron la mirada hacia el estrecho paso que había entre los pinos, por donde esperaban ver aparecer a los jinetes. Al fin asomó Tate Randall, guiando a los demás en fila india y agachando su escuálida cabeza para evitar que las ramas le tirasen el sombrero.

Randall se alegró mucho de ver a Ellen Dodge. Se quitó el sombrero e inclinó la cabeza a modo de saludo.

—Hola, señorita Dodge. ¿Cómo va la pesca?

—Muy bien —respondió Ellen—. Creí que nadie conocía este lugar, salvo Buzz y yo.

—Venimos siguiendo el rastro de un tipo —explicó Randall—. Seguro que… discúlpeme, señorita Dodge. Es sorprendente la cantidad de sangre que puede llegar a perder un tipo y, a pesar de todo, seguir cabalgando. Ha dejado un reguero de más de veinte kilómetros. Ustedes no han visto nada de nada, excepto a nosotros, ¿no?

—¿Se refiere a algún jinete? —preguntó Ellen.

—Sí —respondió Randall.

A sus espaldas, la patrulla que había reclutado se irguió en la montura, olfateando la matanza.

—Buzz y yo estábamos río arriba hasta hace un momento. Buzz, ¿no decías que habías oído pasar a alguien a caballo rumbo al Cañón Moose, hace una hora más o menos?

Buzz tragó saliva y esquivó los ojos de todos los presentes.

—Sí, señorita Ellen.

—Entonces será él, sin duda —señaló Ellen—. Sigan el cauce del río unos cinco kilómetros hasta llegar a un pino muy grande al que le falta la parte de arriba. Una vez ahí, desciendan por el cañón y supongo que en seguida volverán a ver su rastro.

—¡Gracias! —exclamó Randall.

Cuando ya se disponía a arrear a su caballo, se detuvo y añadió:

—Por cierto, no creo que sea peligroso, a estas alturas, pero si lo ven, no corran ningún riesgo. Se trata del suicida Lee Weston, de Laramie. Ha matado a John Price de un disparo.

Buzz se sobresaltó.

—¿Dice usted —balbuceó con temor— que ese tipo ha matado a John Price? ¿Y fue un duelo justo?

—Eso parece —señaló Randall—. Pero hubo un par de tipos que se vieron envueltos en el tiroteo y eso es asesinato, según la ley. Ándese con ojo, Larsen.

—¡Cielo Santo! —exclamó Buzz—. ¡No lo dude! ¡John Price! ¡El hombre más rápido de Pecos!

Randall alzó el brazo a modo de señal y espoleó su caballo, los otros se apresuraron a seguirlo de cerca, todos con los revólveres preparados.

Ellen los vio alejarse con una mueca de desprecio en sus labios tensos.

—¡Se creerán muy hombres!

18

—¿Qué tiene de malo? —dijo Buzz—. Este tipo tiene que ser más rápido que el mismísimo diablo con un revólver en la mano. ¡Ya lo creo! Será mejor que les digamos que vuelvan. A lo mejor lo que este Weston se ha propuesto es cazar a toda la cuadrilla del *Triple D*.

—John Price era un necio y un arrogante.

—Eso no cambia las cosas. A mí tampoco me caía nada bien, pero no por ello iba a dejar de ser el capataz de tu padre. ¡No quiero ni pensar en la que se nos avecina! Le dije a tu padre que era una locura venirse a esta sierra. Se lo dije bien claro… ¿Cómo dijo que se llamaba el vaquero?

—Lee Weston, el suicida —respondió Ellen—, pero yo no me lo creo.

—Weston —meditó Buzz—. Ahora que lo pienso, Weston es el dueño de una pradera que se llama *Lightning W*, al otro lado del valle. Y si mal no recuerdo, había un tal Weston que solía liarse a tiros con los hombres de tu padre siempre que se encontraban en la vieja Cañada Chisholm. ¿Crees que habrá resurgido la disputa?

—Seguro que es un error —respondió Ellen.

Pero no parecía tan segura de ello. La preocupación afloró a su menudo y bronceado rostro cuando volvió a entrar en la cabaña.

Se sentó en el borde de la mesa, balanceando una bota, y se quedó un buen rato contemplando al hombre que permanecía inmóvil en el rincón. Poco a poco, el gesto contrariado se desvaneció para dar paso a una sonrisa compasiva.

—No puede ser malo, con lo guapo que es. ¿No te parece, Buzz?

—¡Mujeres! —exclamó Buzz.

19

Capítulo Tres

Durante las dos semanas siguientes, tres fueron los jinetes del *Triple D* que lograron dar con la destartalada cabaña junto a la orilla del arroyo de las truchas. Y tres fueron los jinetes que se quedaron atónitos cuando Ellen, tan hospitalaria siempre, no les ofreció ni un vaso de agua siquiera. Como el camino era largo para hacerlo con el estómago vacío, cada uno de ellos informó a Harvey Dodge de los hechos con aspereza.

Cuando el primero sugirió que Ellen podía traerse algo entre manos, Dodge respondió con un rotundo:

—¡Tonterías!

Al segundo le dijo:

—No la veo capaz de tramar nada a escondidas.

Después regresó el tercero y anunció:

—Jefe, está empecinada en quedarse donde está. Si quiere saber mi opinión, creo que ese Weston anda por ahí cerca y que ella lo está protegiendo. Ya sabe cómo es la señorita Ellen. Además, vi un bayo en el prado que hay junto a la cabaña.

Dodge se levantó del buró. Era un hombre de frente arrugada, lleno de canas y de gesto adusto y curtido por los innumerables roces con la Parca.

—Siempre ha hecho lo que le ha dado la gana —respondió

Dodge con tono enojado—. Pero esto ya es el colmo. Hay una manada de coyotes cometiendo todo tipo de escaramuzas por estas tierras, además ese Weston sigue suelto y yo no estoy dispuesto a tener una sola pesadilla más por ella. Si a Buzz Larsen se le echa encima cualquiera, sé que pondría pies en polvorosa. Dile a Pliney que ensille ahora mismo mi piamonte. ¡Yo mismo iré a buscarla!

Dodge se puso una chaqueta de tweed y se ajustó un revólver a la cintura, sin dejar de quejarse por tener que abandonar su casa justo cuando más trabajo se le amontonaba.

Salió con su piamonte a todo galope, ansioso por estar de vuelta antes de que cayera la noche, y mientras las largas patas del animal devoraban kilómetros bajo su montura, fue siguiendo las indicaciones que le habían dado y hacia las dos de la tarde apareció en el claro.

Acababa de irse un jinete, por eso Ellen no estaba alerta. Y Buzz había encontrado una apacible sombra a la orilla del río y se había quedado dormido.

Lee Weston se recuperaba con la milagrosa velocidad del joven que ha pasado toda su vida luchando contra la adversidad y trabajando a la intemperie. Desde hacía días se le había despertado el interés por su benefactora. La consideraba una mujer extraordinaria en muchos sentidos. Era tan persuasiva y, por lo general, tan oportuna que no había forma de imponerse en ninguna discusión. Llevaba tres días insistiendo en que ya estaba lo bastante recuperado como para seguir su camino y, en aquel momento, mientras la veía lavar los platos del almuerzo, reanudó la discusión una vez más.

—Señorita, estaba pensando que si me quedara aquí más tiempo sería un abuso de hospitalidad. Se ha portado tan bien conmigo que sé de sobra que jamás podré corresponderla, ni aunque tuviera un millón de dólares.

—La forma de corresponder es no volver a mencionar su partida —señaló Ellen de pie junto al camastro y frotando un plato de hojalata con un trapo mucho más tiempo de lo estrictamente necesario.

Lee llevaba algún tiempo considerando la posibilidad de contarle cómo le hirieron. Ella no le había preguntado nada, tampoco le había dado ninguna información. Pero ahora veía que ella correría peligro si alguien lo descubría allí, fuera quien fuera aquella mujer, un dato que él no poseía.

—Mire, señorita, sería un ser cobarde y despreciable si no le dijera que tal vez no le convenga demasiado tenerme por aquí.

—Tonterías.

Lee se sentó en aquel camastro apoyándose en el codo y dando pequeños tirones de la manta para evitar su mirada.

—Tal vez no sea lo que usted cree.

—Tal vez eso no sea de mi incumbencia.

—Es que sí le incumbe. Si me escucha, le cuento cómo llegué hasta aquí en tal estado.

—No tiene por qué.

—De niño usaba este lugar como cabaña de pesca —dijo Lee—. Por eso sabía muy bien cómo llegar, supuse que una vez aquí estaría a salvo. Cuando yo vivía por aquí era el único que lo conocía. Bueno, para resumir, llegué a *Lightning W* deprisa y corriendo…

Hizo una pausa, calló de repente ante la inmensidad de aquel recuerdo. Su rostro se endureció y la joven, observándolo, percibió de pronto la profunda desesperación que lo embargaba, una desesperación que ella no sospechaba. Se asustó un poco.

Lee recobró la compostura.

—Mi padre me dijo en una carta que un hombre llamado Harvey Dodge, un viejo enemigo suyo, iba a instalarse en el valle. Estaba asustado, ya era mayor y andaba falto de gente. Me pidió que viniera. Y… y cuando llegué…

—Si tanto le duele, no siga —le pidió Ellen, que para entonces ya vislumbraba un lado suyo hasta entonces completamente desconocido.

—Estaba todo arrasado, y supongo que enloquecí. Irrumpí en el pueblo gritando y dije que iba a salir en busca de este Harvey Dodge y de pronto me vi de lleno en el juicio final. Así fue cómo llegué hasta aquí. Sé que me buscan, es lo más seguro. Y que me colgarán si me atrapan, esté o no esté herido. De modo que será mejor que me deje marchar.

—¿Y no se le ha ocurrido pensar que a lo mejor se equivoca con mi… con Harvey Dodge? Al fin y al cabo, las pruebas no son lo bastante sólidas para matar a un hombre. Puede que Harvey Dodge sea duro, y un poco raro a veces… pero no lo veo capaz de hacer una cosa así.

—Es la única pista que tengo —respondió Lee.

—Entonces, ¿piensa seguir adelante, a pesar de lo que le hicieron en Pecos?

—Sí —afirmó Lee—. Tengo que hacerlo.

—Por favor, Lee, ¿no le parece que ha habido ya demasiadas

muertes por ganado y pasto? La vida de un hombre vale más que todo este valle.

—¿Sabe mi nombre?

—Sí. Y también sé algo más. Se ha equivocado de camino. La ley ha eliminado los privilegios del juez Colt para resolver disputas entre ganaderos.

—La ley —señaló Lee con aspereza—. Ya tengo experiencia con la ley. Jueces que se venden por un par de monedas, jurados que favorecen con sus veredictos al más armado, sheriffs que apoyan al bando que más votos le da. No me hable de la ley.

—Puede que ella no lo haga —dijo una voz fiera y brutal desde la puerta—, pero yo sí.

Ellen se dio la vuelta y al ver a su padre se le cayó el plato al suelo con gran estrépito. Lee apenas se movió.

Con los pulgares metidos agresivamente en el cinturón del que colgaba su revólver, Dodge dio unos pasos hasta el centro de la habitación y clavó la mirada en Lee.

—Así que tú eres Weston. El suicida Lee Weston. Ellen, sal de aquí ahora mismo.

Ellen, que hasta entonces había estado paralizada de asombro, se puso entre los dos.

—No. ¡No, no le vas a poner un dedo encima! ¡No puedes hacerlo! ¡No le he salvado la vida para esto!

—He dicho que salgas —repitió Dodge.

Jamás le había visto esa aterradora dureza, y aquel manotazo que la empujó hacia un lado bien podía interpretarse como un golpe.

La voz de Lee era suave como la seda.

—Adelante, dispara, quienquiera que seas. Parece que no tengo ningún arma al alcance. Estás a salvo.

El tono y la actitud del joven impactaron a Dodge sobremanera. Ya los había visto y oído en numerosas ocasiones, hacía muchos años, cuando la vieja Cañada Chisholm facilitaba adineradas víctimas a quienes tenían la juventud y la audacia de probar su suerte. Era Tom Weston el que yacía en aquel camastro.

—No me conoces —dijo Dodge—, pero yo soy el hombre que tanto buscabas el otro día. Me llamo Dodge. Harvey Dodge.

—Adelante, dispara —dijo Lee, como si le aburriera el tema.

—Dispararé cuando sea el momento, y te aseguro que no falta mucho. Has vuelto para convertir Pecos en un infierno, ¿no? Eso no va a suceder.

—Muy sencillo —replicó Lee—. Así solucionas todo. Liquidaste a mi padre por viejos rencores y ahora quieres liquidarme a mí.

—¡Eso es mentira! —estalló Dodge—. Yo no maté a Tom Weston, aunque bien sabe Dios que tendría que haberlo hecho hace mucho tiempo. Vine a este valle pacíficamente, dispuesto a olvidar el pasado. Pero mis primeros rebaños aparecen descuartizados, después me roban los mejores caballos y matan a uno de mis vaqueros. En seguida comprendí. Pero…

—Entonces mataste a un anciano para saldar cuentas pendientes de hace treinta años. La cañada era salvaje y los hombres morían con facilidad o violencia, y tú te tropezaste con uno que no se dio por vencido. De modo que te buscaste una excusa con todos estos años de retraso para ajustarle las cuentas. Está muy claro, Dodge. Para mí y para cualquiera. Y si no me disparas ahora mismo, lo lamentarás toda la vida.

Buzz se acercó con sigilo hasta la puerta y fijó la mirada en Ellen.

—¡Le dije que nos traería problemas! —dijo articulando para que le leyera los labios.

—Pero esta pelea es entre tú y yo —sentenció Lee—. Esta joven es tu hija, evidentemente. Ella no sabía quién era yo. Se compadeció de un hombre que se había quedado sin suerte y…

—Claro que sabía quién era —terció Ellen—. Sabía lo que él había hecho. Y yo volvería a hacer lo mismo.

—Tú y yo ya hablaremos —dijo Dodge—. Sal de aquí.

—¡Lo vas a matar!

—Voy a dejar que la ley se encargue de eso.

—¡Pero fue una pelea justa! —gritó—. ¡Y además la empezó John Price!

—Llévatela —le ordenó Dodge a Buzz.

De mala gana, Buzz la obligó a cruzar la puerta y salir a la luz del sol. Dodge cerró de un portazo con el tacón de la bota.

—Un solo movimiento hacia tu revólver —anunció Lee con calma— y te vuelo los sesos.

Dodge se detuvo, estupefacto, sin dejar de observar a Lee mientras éste retiraba la manta y mostraba la boca del revólver que descansaba sobre la barandilla del camastro.

—Quítate el cinturón con mucho cuidado —dijo Lee—. No se puede colgar a un hombre dos veces.

Con gesto malhumorado, Dodge se desabrochó el cinturón

y lo dejó caer al suelo. Lee salió trepando del catre, y aunque se mareó ligeramente al levantarse, su Colt no flaqueó un solo instante mientras se vestía. Buscó a tientas las botas y las encontró. Se las puso con torpeza. Con una mano se abrochó los cinturones con las pistoleras. Después sacó los zahones de debajo de la mesa, donde los había escondido, y se los echó al brazo.

—Es tu hija, ¿no? —preguntó Lee.

—Sí. ¿Algo que decir? —respondió Dodge con tono desafiante.

—Dios hace rarezas de vez en cuando —señaló Lee—, pero no seré yo quien lo cuestione. Yo en tu lugar, no le diría nada a ella. Ha hecho lo que creía que tenía que hacer. Yo estoy haciendo lo que creo que debo hacer, y puede que tú también. Lo que sucede es que no estamos de acuerdo, por lo que se ve, y parece que sólo hay una forma de resolver este asunto.

—Yo lo resolveré —dijo Dodge con gravedad—. Aquí va un consejo, Weston. Aléjate de este valle y no vuelvas por aquí nunca más. Ya no tienes nada aquí, y yo en cambio tengo un montón de armas esperándote.

—De modo que ya no tengo nada —señaló Lee.

—He cerrado la operación del banco. *Lightning W* me pertenece.

—Eres muy predecible, Dodge. Asesinato, robo… ¿Es que no tienes límite?

—Algún día te tragarás esas palabras, envueltas en plomo.

—Hace falta más de una persona para hacer un festín, como dicen los sioux. Esta es mi oportunidad. A lo mejor te llega a ti la tuya más adelante. Pero hay algo que quiero decirte y lo

haré sin rodeos. Esa joven es demasiado admirable para estar
rodeada de semejante panda de ladrones. Ella es la única razón
por la que no te he cosido a tiros. No puedo matarte y esperar
después que me quiera como yo la quiero a ella. Pero eso es
problema mío, y ya veré cómo lo soluciono. Le debes la vida,
para que lo sepas. Recuérdalo bien, si es que piensas tratarla
con mano dura por esto.

Dicho esto, cruzó a duras penas la habitación y, sin dejar de
vigilar a Dodge, abrió la puerta.

—Buzz, ensilla mi caballo.

—¡Lee! —gritó la joven sin dar crédito. Acto seguido se
dio la vuelta esperando ver a su padre muerto. Pero Dodge se
hallaba justo al otro lado de la puerta con gesto adusto.

Buzz acercó el caballo al instante. Lee montó con dificultad,
pero sujetándose al pomo de la silla para mantenerse erguido,
acabó lográndolo sin dejar de apuntar a Dodge con el revólver.

—Adiós, Ellen.

—¿No te voy a…?

—Volveré —sentenció Lee—. Sí. De eso estoy seguro.

Ella se agarró al estribo unos instantes y alzó la mirada
para verlo, al tiempo que se preguntaba cómo iba a sobrevivir
si se internaba en las montañas del norte. Pero sabía lo que se
había propuesto y le resultaba imposible cuestionar cualquier
decisión que pudiera tomar.

—Adiós, Lee.

Lee tiró de las riendas del caballo para guiarlo hasta
el sendero, una vez ahí lo puso al trote, consciente de los
sentimientos encontrados con que lo vieron partir. Casi
percibía el alivio de Buzz.

Capítulo Cuatro

En el oeste las noticias vuelan; no había pasado siquiera un mes y hasta las urracas habían oído hablar de Lee Weston. Un tiroteo sin importancia nacido de la rabia y el deseo de reparar de algún modo la pérdida de un hogar, con el relativo letargo del pueblo de Pecos como telón de fondo, se había transformado en una batalla de gran envergadura en boca de hombres cuyo único pasatiempo vespertino era hacerse eco de noticias y habladurías. Por lo general, mezclaban unas y otras, de modo que el resultado actual era prácticamente irreconocible.

Al parecer, un hombre llamado Weston el suicida, que se había cobrado tantas vidas que había dejado de hacer muescas en las armas para no estropearlas, había decidido apoderarse de todo Pecos Valley sin ayuda de nadie y casi lo consigue de no ser porque la caballería de Estados Unidos envió una división a la zona; pero los soldados, uniendo fuerzas con los *rangers* de Nuevo México y otras partidas de civiles, no pudieron sino causar heridas leves al tal Weston, que, ayudado por la apasionada lealtad de una mujer mexicana, logró escapar con todo éxito.

Así se forjó la leyenda de Masterson. Así se forjó la de Holliday. Y así se forjó la del suicida Weston. Los vecinos de Wyoming recordaban con claridad los ocho tiroteos en los que Weston había participado, todos y cada uno de ellos de las mismas proporciones que la última batalla del General Custer.

Hacía mucho, mucho tiempo que no sucedía nada. Los legendarios ídolos del revólver descansaban en paz, criando malvas junto a su víctimas, y el momento era oportuno.

Se estimaba, con gran esfuerzo y pocas pruebas, que Weston habría podido liquidar a Hickok en una pelea justa, aunque no faltaban los que ponían reparos y aseguraban que Hickok habría tenido bastantes posibilidades de salir bien parado. De vez en cuando, algún que otro pistolero con el orgullo herido por el súbito protagonismo de aquel prodigio humano, mascullaba, güisqui en mano, lo mucho que le gustaría medirse con este Weston. No era para tanto.

Conscientes de que su reputación estaba en juego, los *marshals* de los territorios sin colonizar limpiaban sus Colts y se mostraban prudentes cuando oían mencionar el nombre de Weston.

Lee, aislado en las espesuras de las sierras de Nuevo México, no tenía la menor idea de su repentina fama. Conocía bien los hechos. Era consciente de que había matado a dos hombres, además de John Price, cuando se quedó expuesto en medio de la calle. Lo único que sabía es que tarde o temprano tenía que volver y saldar sus cuentas con Dodge.

Pero era sensato y comprendía que debía evitar las poblaciones. En primer lugar, tenía el pecho agarrotado, lo que le impedía desenfundar con rapidez. En segundo lugar, no tenía ni un centavo. Robar no entraba en sus esquemas, ni siquiera el día que usó el último cartucho del Winchester para matar un ciervo.

Weston se hundió en la más absoluta desesperanza la noche en que despellejó aquel ciervo. Se sentó junto a la inquieta luz de la lumbre, al abrigo de un peñasco, sin dejar de preguntarse cómo podía un hombre ser tan bravucón aún sabiendo las pocas posibilidades que tenía.

Dodge era poderoso. Estaba en condiciones de contratar centenares de pistoleros si era necesario. Dodge tenía a la ley de su parte, un hecho que resultó más que evidente dada la intervención de Tate Randall en Pecos. Y Dodge contaba, además, con otra protección: Ellen.

Tres cargas de balas para sus revólveres, eso era todo lo que tenía. Podía atasajar la carne para alimentarse, con suerte, seis semanas. Luego podía matar a su caballo y sobrevivir. Después tendría que concentrarse tan sólo en un objetivo, buscar comida. Y sería triste, esa búsqueda. De vez en cuando alguna trucha, quizás, o alguna raíz…

Enfurecido, terminó de despellejar el animal. ¿Por qué diablos no bajaba a Pecos, resolvía la cuestión a tiro limpio y acababa de una vez? Lo matarían, claro está, pero ¿acaso no era mejor morir así que esconderse en las montañas y esperar a morirse de hambre lentamente?

Puso un pedazo de carne de venado en unas ramas de sauce entrecruzadas sobre las brasas y la grasa comenzó a gotear y chisporrotear en el fuego. Y cada vez que una gota estallaba como una resplandeciente bola de luz, la sombra de Lee brincaba con gigantescas proporciones en la gran roca que había a sus espaldas.

Algo alteró los ruidos de la noche. Por un momento no supo

qué era, después advirtió que el caballo, con el dogal al cuello, había dejado de arrancar hierba.

Lee se puso en cuclillas y se apartó del resplandor de la lumbre. Al rato vio que el caballo, con las orejas erguidas, tenía la mirada fija en unos cuantos pinos que había más abajo. La luz de las estrellas era insuficiente para ver nada más.

Permaneció agazapado en la oscuridad, esperando, aguzando los oídos, tratando de inspeccionar con la mente aquellos pinos. Finalmente, la carne le hizo regresar al asunto que tenía entre manos. Ya empezaba a llamear por un extremo.

—Alguna maldita pantera —decidió a modo de autojustificación antes de regresar con sigilo a la lumbre para rescatar la carne.

Con gran pericia, le dio la vuelta a la rejilla de sauce agarrándola por los extremos. Pero cuando se disponía a depositarla de nuevo se oyó un estruendo en el barranco. Las brasas, de pronto llameantes, salieron despedidas. El disparo rebotó contra una piedra de la fogata y se alejó con un silbido. Lee dio un salto hacia atrás y el pedazo de carne se hundió definitivamente en las llamas.

Desenfundando los revólveres y encorvado hacia delante, dispuesto a disparar a todo aquello que se moviera en la oscuridad, permaneció al acecho, furioso por haber perdido la cena y por sentirse tan indefenso.

Una piedra cayó rebotando por una de las caras del peñasco que lo guarecía. Estaban por arriba y por abajo. Era evidente que lo tenían rodeado. Pero no tenía intención de rendirse.

Una voz salió de la oscuridad.

—¡Suelta las armas!

—¡Tendrás que venir a buscarlas! —replicó Lee desafiándolo.

Respondió un Winchester. Lee se agazapó entre la maleza.

—¡Sal de ahí con las manos en alto! —alguien ordenó.

Lee guardó silencio.

La fulminante descarga, procedente de cinco flancos, iluminó la noche. Por la maleza se cruzaban las balas como si de un avispero se tratara.

Fue entonces cuando volvió a oírse aquella voz.

—¡O sales ahora mismo o esta vez te cosemos a tiros!

Lee no se movió.

Durante la interminable espera que siguió, se dedicó a pensar cuál de ellos le había arruinado la cena. Primero se encargaría de él y después del resto.

—¡Te estamos viendo! ¡Sal ahora mismo!

Pero Lee volvió a guardar silencio.

Se hizo otra pausa hasta que, al fin, el olor del venado y la visión de la pieza entera de carne, sumado al apetito que en aquellos hombres despertó la animada fogata ardiendo sola en plena noche, hicieron que se les agotara la paciencia por completo. Un tipo fornido se levantó del duro asiento y avanzó con cautela vigilando la maleza tan por encima que Lee supo que no lo habían descubierto.

Dejó que se acercara al fuego. Llevaba una camisa roja andrajosa con peto delantero y un sombrero plano y flexible que lo identificaba como ferroviario.

Al poco rato, viendo que el primero seguía vivo, salió otro hombre de detrás de una roca con suma cautela y dispuesto a salir corriendo ante el menor altercado. Era mexicano, llevaba sobre el hombro y el brazo izquierdos un sarape vistoso, aunque sucio, para protegerse mejor si es que había que sacar a relucir los cuchillos.

A continuación, una pequeña avalancha de rocas cayó por la peña y, deslizándose entre ellas a modo de tobogán, apareció un hombre robusto cuyas tremendas dimensiones no se apreciaron del todo hasta que no se colocó junto a sus compañeros, mucho más bajos en comparación. Llevaba un elegante sombrero, los revólveres tenían montura de plata y, en general, de no haber sido por las manchas del accidentado trayecto, tenía todo el aspecto de un hidalgo caballero.

Sus dos compañeros también avanzaron unos pasos después de tantear el terreno. Uno de ellos era un vaquero de aspecto lánguido y bigote caído, y el otro parecía oriundo de la costa este, pues llevaba bombín y un vistoso chaleco a cuadros, ambos manchados y arrugados.

El quinteto en su conjunto acusaba un cierto nerviosismo tratando de penetrar la oscuridad que envolvía los arbustos.

—¡Qué demonios, Pete! Le di. Lo vi caer con mis propios ojos —dijo el ferroviario.

—Señor —señaló el mexicano bajito—. Le digo que es un mentiroso. *Yo*, Felipe, vi que mi bala le daba justo encima del corazón.

—Basta —terció el del bombín—. Vamos a comer.

El mexicano grandullón, el guaperas que conoció tiempos mejores, señaló a los arbustos con el pulgar.

—Steve, ¿qué te parece si nos echamos una carrera y nos traemos los revólveres y el dinero del tipo?

—Los revólveres los traigo yo mismo —replicó Lee.

Se quedaron paralizados del susto. Ni siquiera se atrevieron a mirar a su alrededor. Unos se echaron a un lado y otros desenfundaron los revólveres.

Lee se levantó, llevaba un revólver en cada mano y avanzaba lentamente hacia ellos.

—Parece que tienen hambre, por lo que veo.

—Sí —respondió el mexicano grandullón—. Pero, señor, perdónenos. Nos confundimos, pensamos que era un bandido que nos había hecho mucho daño. Ahora vemos que estábamos equivocados y le pedimos disculpas de todo corazón.

Dicho esto, se quitó el sombrero y comenzó a hacer una excesiva reverencia.

—¡Levántate! —exclamó Lee—. No intentes sacarte el cuchillo del hombro porque serás hombre muerto.

—¿Qué cuchillo? —dijo el grandullón—. ¡Señor, se equivoca conmigo! ¡Sepa usted que a mí, Don José, jamás se me ocurriría cometer semejante traición!

Lee le dio la vuelta y le sacó el cuchillo.

—Está bien, caballeros. Ustedes quieren comida. Yo necesito municiones. ¿Firmamos un armisticio y hacemos un intercambio?

—¡Claro que sí! —gritó Don José—. Le daré toda la munición que nos sobre. Y aceptamos su gentil invitación a cenar.

Acto seguido, señaló a los otros cuatro.

—Le presento a Felipe el Correcaminos, al gran Steve, a Bill Brandy y a Sam Pettingill, el mustio. Mis honorables compatriotas. ¿Y usted es…?

Hizo una pausa, a la espera de que Lee se presentara.

Lee vaciló unos instantes y entonces comprendió que el destino le había asignado semejantes especímenes.

—Me llamo Weston.

Nada más decirlo, Don José se dejó caer sobre una roca y hundió su gran rostro en sus aún más voluminosas manos, sin dejar de balancearse adelante y atrás.

—¡Cielo Santo! ¡San Ignacio! ¡Madre de Dios! —exclamó sin apartar la mirada de Lee—. ¡Perdóneme! ¡Perdóneme! —dijo antes de dirigirse al ferroviario—. Steve, por todos los santos, ¿es que no tienes ojos en la cara? ¿Acaso no reconoces siquiera al suicida Weston? —después se dirigió a Lee—. Señor, le ofrezco mis más humildes disculpas con toda mi alma, tantas veces reclamada por el mismísimo Satán. ¡Si lo hubiera sabido!

De pronto, Don José se levantó de un salto y, gesticulando con entusiasmo, añadió:

—¡Camaradas! ¡El barril de melaza y la harina de maíz! ¡Felipe! Empieza a asar la carne, y esmérate. ¡Sam, tú nos amenizarás la velada con canciones! ¡Hoy nos han premiado con todos los honores! ¡Hoy los dioses nos sonríen! ¡Hoy hemos conocido a Lee Weston!

Los otros miraban a Don José en silencio, estupefactos, igual que Lee. Este último no daba crédito a su desmesurada fama. Pero lo cierto es que enfundó los revólveres con lentitud, sin dejar de observar a Don José.

En cuanto metió las armas en la funda, percibió que algo redondo y sólido le golpeaba la espalda con tal fuerza que bien podía haberle roto la columna vertebral. Una voz sibilante y siniestra se oyó a continuación.

—Manos arriba, Weston. Te advierto que soy de gatillo fácil.

Lee sabía bien que no le convenía darse la vuelta. Alzó las manos ante la mirada de todos. Acto seguido, Don José soltó tal carcajada que hasta las cumbres de las montañas temblaron.

Felipe se apresuró a coger los revólveres de Lee y cachearlo por si llevaba algún otro escondido.

—Ve a buscar una soga —ordenó a Steve el hombre que estaba detrás de Lee.

Steve fue a buscar el lazo que le habían pedido y con él rodeó los hombros de Lee, después lo tensó bien, lo anudó y le ató las muñecas juntas.

De un empujón, el sexto integrante de la cuadrilla lo dejó tirado junto al fuego. Lee se puso boca arriba y clavó la mirada en Doherty, el tahúr que conoció en la oficina de Tate Randall la mañana de la pelea.

—Señor Doherty —dijo Don José—, esta sí que es buena, sí señor. Pero, ¿para qué lo queremos atado? Si no lo queremos, lo matamos. Y si lo queremos, será mejor tenerlo en nuestro bando.

—Cierra la boca, imbécil —respondió Doherty sin inmutarse.

Dicho esto, se sentó en una roca y con un ademán les indicó a los demás que empezaran a preparar la cena.

—Menos mal que los perdí de vista en aquel cañón —prosiguió Doherty—. Ni siquiera tienen el cerebro de un mosquito. Tienen en su poder cuatro ases y el rey de picas y ya querían organizarle un banquete.

—¿Y por qué no? —replicó Don José encogiéndose de hombros—. Es un gran pistolero.

—Porque tengo otros planes, eso es todo —señaló Doherty—. Necesitamos dinero y esta vez hasta nos aplaudirían la hazaña.

—¿Dinero? —dijo Don José—. ¿Y cómo? Sacaríamos más si nos lo quedásemos.

Doherty se sacó del bolsillo una hoja de papel arrugada.

—Están ciegos. Han pasado todos por delante de esto y ninguno se ha molestado en leerlo, excepto yo. Yo soy el cerebro, eso es evidente. Lo arranqué del árbol y… léelo.

Don José apretó los labios y frunció el entrecejo mientras leía a duras penas aquel escrito.

—Harvey Dodge ofrece una recompensa de cinco mil dólares por el suicida Lee Weston vivo. Y de tres mil dólares muerto. Firmado por el sheriff Tate Randall, Pecos, Nuevo México.

Don José sonrió de oreja a oreja, exhibiendo así sus dientes de oro.

—¡Ah, ya veo! Creo que lo voy entendiendo, señor Doherty. Aunque —objetó encogiéndose de hombros— es una pena perder un hombre así. ¿Cómo lo va a entregar?

—Yo mismo lo llevaré —respondió Doherty—. Ustedes se mantendrán a la espera. Harvey Dodge pagará en efectivo y Tate Randall se asegurará las próximas elecciones. Y ante todos ellos, quedaré mejor que una escalera real.

Doherty descendió la mirada hacia Lee.

—Gracias, amigo.

Capítulo Cinco

Tate randall estaba sentado a la sombra de la cárcel, cortándose las uñas, con el respaldo de la silla inclinado sobre la pared de adobe y la mente a varias leguas de distancia. Un perro somnoliento se rascaba perezosamente una oreja, objetivo que rara vez alcanzaba, aunque no por ello desistía. Una profunda calma reinaba en Pecos, algo parecido al silencio que envuelve un asesinato a medianoche.

Dos caballos pasaron por delante del Teatro Cactus, venían al paso y Tate echó un vistazo con aire despreocupado para ver quiénes eran. Nada más hacerlo, apoyó de golpe las cuatro patas de la silla en el suelo polvoriento y se levantó de un salto.

Harvey Dodge y Ellen se detuvieron en la puerta y Dodge fulminó a Tate con la mirada. Lo único que el sheriff deseaba en aquel momento era que aquel hombre tuviera el buen carácter de su hija. Con aspecto tranquilo, Ellen iba a lomos de un alazán, tenía el rostro semioculto bajo un sombrero de ala plana que sujetaba a su rizado cabello castaño con una cinta entreverada de plata que le pasaba por debajo de la barbilla.

—Randall —dijo Dodge con gravedad—, llevo días queriendo hablar contigo.

—Pasen a la oficina —señaló Randall.

—No hace falta —dijo Dodge—. He venido a preguntarte aquí y ahora cuánto tiempo más vas a tolerar que un atajo de ladrones se lleve todo lo que se les ponga por delante en Pecos Valley.

—¿Ha habido algún otro percance? —preguntó Randall.

—¿Acaso tiene que haber más percances para que te pongas a trabajar? Perdí una pequeña novillada hace dos noches e hirieron a uno de mis muchachos. Te mandé llamar para que vinieras y te hicieras cargo —bufó Dodge.

—Sí, lo sé —respondió Randall—. Pero me tuve que ir a Arroyo Smokey a ver qué había pasado con un ganado que se había escapado de *Flying A*. No es usted la única víctima.

—Pero sí soy el único que no está dispuesto a tolerarlo ni un día más —sentenció Dodge—. Llevamos semanas así. Si no haces nada al respecto, tendré que pedir que me envíen una cuadrilla de pistoleros de Arizona para que se hagan cargo de la situación.

—La cuadrilla que tiene parece bastante recia —dijo Randall—. Si lo que pretende es saltarse la ley y tomarse la justicia por su mano, lo único que puedo hacer es quedarme al margen. Pero necesito saber algo con toda certeza.

—¿Qué quieres saber?

—Si es cierto que ha estado buscando lo que dijo que estaba buscando.

Dodge le dirigió una fría y despreciativa mirada.

—Has aguzado los oídos demasiado, sheriff.

—Tal vez.

—Hace cuatro meses que empezó todo esto —afirmó

Dodge, sin que le importara presionarlo—. Y me juego diez a uno a que hay un hombre llamado Weston detrás de todo esto.

—Eso fue antes de su llegada —replicó Randall.

—¿Acaso no estaba su padre? Te podría contar varias cosas del viejo Weston. ¿Y qué le habría impedido al joven Weston venir por aquí semanas antes de dar la cara?

—Sí, supongo que en eso tiene razón.

—Claro que tengo razón. De no haber sido por un par de percances... —miró a Ellen con dureza—, ahora no tendríamos que lidiar con toda esta locura. Buen ganado que desaparece, probablemente hacia México, cinco o seis muertos y unos cuantos heridos, asaltos nocturnos que no dejan rastro. El hombre que está detrás de todo esto no es ningún novato, y se llama Lee Weston.

—Tal vez tenga razón —concedió Randall.

Algunos habitantes del pueblo se habían reunido en la calle con intención de participar en la charla. Uno de ellos dijo:

—Claro que tiene razón. Llevo meses diciéndolo. ¿Sí o no, Bart?

—Sí, supongo que sí —respondió Bart.

—En Wyoming también tenía fama de matón. El otro día me escribió Ed. Allí no hay un solo hombre que se atreva a hacerle frente —afirmó un anciano.

—¿Lo ves? —dijo Dodge a Randall—. No soy el único que piensa que Lee Weston merece la horca.

—Ya lo veo —dijo Randall.

El rostro de Ellen fue empalideciendo según contemplaba las caras de aquel corrillo de gente que crecía por momentos.

Con la mirada fija en Randall, Dodge añadió:

—Si te comprometes a dirigirla, yo mismo organizaré una cuadrilla para dar caza a Weston y te aseguro que esta vez no fallará.

Randall echó un vistazo a su alrededor y pensó en los votos.

—¿Qué dice a eso, Randall? —gritó alguien entre la multitud.

Randall tuvo que asentir.

—Claro que sí, yo la dirigiré.

—De acuerdo —dijo Dodge—. ¡Ahora mismo nos ponemos en marcha!

Los allí reunidos salieron a toda prisa en busca de caballos. Tate Randall se encaminó vacilante a la caballeriza. Pero antes de llegar a la puerta oyó un grito de asombro en la calle. Rápidamente, se dio la vuelta y se puso la mano de visera para ver con mayor claridad a los tres jinetes que se acercaban.

El que venía delante no llevaba sombrero y a primera vista parecía un peso muerto en la montura del caballo. Al mirarlo con mayor detenimiento, Randall vio que tenía los brazos atados. Cuando el trío se acercó lo bastante, Tate reconoció a Doherty.

—¡Tienen a Weston! —vociferó un vaquero en la calle.

La multitud volvió a salir en tropel a la calle polvorienta para recibir al grupo que se acercaba. Randall se apresuró a adelantarlos para ser el primero en llegar a la escena.

Lee escudriñó al sheriff con frialdad y gesto despreocupado.

—No será esto un linchamiento, ¿no?

Los allí reunidos salieron a toda prisa
en busca de caballos.

Randall echó un vistazo por encima del hombro.

—Tanto que cacareaba de la ley... —dijo Lee—. Ahora que no tengo más remedio que seguir sus pasos, veremos lo que sabe usted de justicia.

La multitud rodeaba al trío.

—Atrás, muchachos —ordenó Randall—. ¿Cómo está, Doherty?

—Ases contra *full* —respondió el jugador, en cuyo rostro hipócrita afloró una sonrisa—. ¿Sigue resentido por la mano de la otra noche?

—Nada de eso —exclamó Randall.

—Dígales a esos vaqueros que se aparten —dijo Doherty—. Tengo que entregar a este tipo a Dodge.

Tanto el mustio Sam como el tahúr se pusieron nerviosos ante la visión y el murmullo general de la ávida turba que se arremolinó alrededor sin desviar la mirada de los cinco mil dólares que valía aquel bandido.

Dodge se abrió camino entre la apretada multitud y se detuvo delante de Lee.

—Veo que no te fuiste, después de todo. Pero no temas, tenemos una buena cura para ti, Weston. Una cura que consiste, básicamente, en la soga.

Lee guardó silencio con la mirada en dirección opuesta para no ver a Ellen.

—¿Es cierto lo que dicen los carteles? —preguntó el ansioso Doherty al tiempo que le enseñaba uno.

—Por supuesto —respondió Dodge con aspereza—. Tráiganmelo, muchachos.

Con tantas manos en la brida del bayo, el camino hacia la cárcel se hizo lento. Lee escuchaba lo que decía la muchedumbre y cuando llegaron a la construcción de adobe, le dirigió a Randall una arisca sonrisa.

—No se anda con chiquitas, sheriff. Parece que ha encontrado la manera idónea de zanjarlo todo y salir airoso.

—Bájenlo —dijo Randall.

Una multitud de manos se le echó encima para sacarlo a rastras del caballo y dejarlo en la calle. Randall, que aún tenía la situación bajo control, ayudó a Lee a subir los escalones.

Weston volvió la vista atrás y vio a Ellen por encima de la muchedumbre ligeramente apartada. Su caballo se movía nervioso por la tensión que ella ejercía sobre las riendas.

—Tendríamos que colgarlo. ¡De no haber sido por él, el doctor Benson estaría vivo!

Randall se volvió hacia aquella voz.

—Calma, caballeros. Este hombre merece un juicio justo, como cualquiera de ustedes. Hay algo que no me encaja en todo este asunto. Weston no mataría a su propio padre, ¿no les parece? Así que, de momento, concédanle al menos el beneficio de la duda.

—No me extrañaría tanto —protestó un vaquero, envalentonado por la superioridad numérica.

Dodge estaba en la entrada cuando Lee cruzó la puerta.

—Todo esto se lo debo a usted —le dijo Lee—. Es evidente que no hay límite para lo que el dinero puede lograr en manos de un coyote.

—Vamos, gruñe todo lo que quieras. Mañana la canción será muy distinta.

Tate Randall empujó a Lee al interior de su oficina y cerró la puerta. Estaban solos, aunque oían claramente el murmullo de la muchedumbre que esperaba fuera.

—Así que elegiste el mal camino —dijo Randall—. Ojalá hubieras escuchado mi consejo aquella mañana, cuando llegaste hecho una furia. ¿Sabes acaso lo que pretenden endilgarte?

Lee miró al viejo pistolero, enjuto y fuerte, con la más absoluta desconfianza.

—Tenías razón —prosiguió Randall—. El juez saldará contigo todos los casos pendientes. ¿Dónde has estado?

—Me escondí en la sierra.

—Se ve que tienes aguante —comentó Randall—. Desde que liquidaste a John Price, ha desaparecido un par de millares de cabezas de ganado. Mataron a un ranchero llamado Doc Henson y después quemaron su rancho. El jueves pasado interceptaron la *Overland* y se llevaron todos los lingotes de oro. ¿Te haces cargo de lo que te espera?

—No está mal, ¿no? —dijo Lee.

—Puede que hayas sido tú, puede que no. Pero la imaginación de los hombres es asombrosa. Pronto recordarán tu presencia en todos y cada uno de los delitos, y los creerán. Escúchame bien, eres un muchacho impulsivo. Tienes muchas agallas, y puede que yo esté loco de remate, pero estoy casi dispuesto a creerte. Voy a hacer todo lo posible para que tengas un trato justo. Haré que el juez se limite al único crimen que todos vieron, y tu vida dependerá sólo de ese.

—¿Trato justo? ¿Con el dinero de Dodge a la vista de todos? Randall se mordisqueó el bigote.

—Sí, así es. Bueno, ya estás avisado, tendrás que correr ese riesgo. Vamos, camina despacio. La primera celda a tu derecha.

Capítulo Seis

El joven Lee Weston recorría la celda de un lado a otro con gran preocupación y asombro, a la espera de que la negra noche diera paso a las primeras luces del amanecer.

Le parecía que no había un solo hombre honrado en todo Pecos Valley. Desconfiaba de todos, sobre todo por ese inconcebible anhelo de ver correr su sangre antes del juicio. Estaba convencido de que Harvey Dodge estaba detrás de todos aquellos delitos que le había contado el sheriff, pero cómo iba a poder un hombre solo luchar contra una cuadrilla como la del *Triple D*.

Desde su celda había visto, durante la noche que acababa de pasar, a los hombres del *Triple D* peregrinar de bar en bar, disfrutando del asueto para no desentonar con el humor de su jefe. Había varios que llevaban el inconfundible sello de la criminalidad. Reconoció a dos de ellos que en su momento fueron obligados a marcharse de Wyoming. Hasta un tuerto era capaz de ver que la cuadrilla del *Triple D* estaba tan repleta de víboras como una roca de lava al sol.

Doherty, ese tahúr hipócrita, parecía ser parte integrante de la turba, pues no los dejaba ni a sol ni a sombra. Y los hombres que Lee había visto con Doherty eran inconfundibles. Don José era un conocido forajido de la frontera.

Todos los caminos llevaban a Dodge, por mucho que le resultara difícil encajar a Ellen en semejante compañía y parentela. Y aunque la premisa era falsa, como pronto iba a descubrir, era la única base que tenía para actuar.

Su situación parecía desesperada. Sus fuertes manos no producían efecto alguno en los barrotes de hierro de la ventana; además Tate Randall sabía bien lo que se traía entre manos y no estaba dispuesto a correr el menor riesgo. Para colmo, no dejaba de recibir nuevas señales que hacían más honda su preocupación. Su capacidad para no perder la calma mientras un infierno se desataba ante sus ojos había sido siempre motivo de orgullo, pero ahora, frente a un muro blanco de desesperación, estaba a punto de perderla.

Durante toda la noche fueron llegando desde distintos puntos del valle pequeños grupos de jinetes que ataban sus caballos delante de los diversos bares. Y cada vez que alguno de ellos salía a la tenue luz de la calle, procedente de las lámparas del interior de los edificios, posaba la mirada en la cárcel mientras se tambaleaba alcoholizado.

Poco a poco, y durante toda la noche, las voces de los jinetes fueron creciendo en volumen y entusiasmo. A las tres de la mañana, Tate Randall entró en la cárcel. Inspeccionó a su detenido echándole un vistazo y después se dirigió a su oficina, donde comenzó a introducir cartuchos en la recámara del Winchester. Era evidente que esperaba refuerzos en forma de ayudantes, pues cada dos por tres se paraba a escuchar en la puerta trasera por si llegaba alguien.

Para Lee, aquello ya era insostenible. Tenía el joven rostro crispado y sus manos se aferraron a los barrotes de la puerta.

—¿Qué ocurre?

—Nada —dijo Randall—. Tranquilízate.

—Los oigo perfectamente —replicó Lee—. Ayer querían colgarme, pero les hacía falta correrse una buena juerga para preparar el terreno. ¿Les va a hacer frente o va a permitir que siga la fiesta?

—No va a pasar nada —respondió Tate—. Son palabrerías.

Lee se puso a escuchar el ruido que salía de los bares.

—¿Qué demonios les pasa? ¿Cómo saben si soy culpable o no?

—Han pasado muchas cosas, estas últimas semanas —dijo Tate—. No les hagas mucho caso.

—No recuerdo que hubiera este tipo de gente en Pecos Valley cuando era pequeño —dijo Lee.

—Los tiempos han cambiado, hijo. Ahora nos llega toda la escoria que deambula por las vías ferroviarias… y los jóvenes bandidos que vienen de las cañadas del norte —esto último lo dijo dirigiéndole una mirada intencionada.

—Dodge se habrá traído sin duda una buena cuadrilla cuando se instaló aquí —señaló Lee.

—No se la trajo él —dijo Tate, afanado en cargar otro Winchester—. Esos caballeros ya merodeaban por aquí entonces. Dodge no vino más que con su hija y un buen fajo de billetes.

Lee hizo un gesto de contrariedad. Se sentó en el camastro y se lió un cigarrillo para concentrarse mejor. Lo prendió con la vela de una botella que había sobre un banco y contempló el humo con detenimiento. El fragor de la calle volvía a intensificarse y cada vez eran más los hombres que salían a los cobertizos y dirigían la mirada hacia la cárcel.

Lee se acercó a la puerta de nuevo.

—Escúcheme, Randall. ¿Quién es ese Doherty?

—No es más que un fantoche de poca monta —respondió Randall—. Supongo que te gustaría liquidarlo por haberte entregado. Olvídalo. Necesitaba el dinero.

—¿Ah, sí? —dijo Lee con ciertas reservas.

En la calle ya empezaba a aglomerarse la gente, hablaban con agitación, la mayoría demasiado borracha como para tenerse en pie, pero se enfurecían por momentos, todos en bloque. Al poco tiempo comenzaron a avanzar en la misma dirección: hacia la cárcel. Había más de doscientos.

—Aquí vienen —dijo Tate—. Y los malditos ayudantes se han pasado al otro bando.

Lee observó al sheriff con atención mientras el viejo pistolero cogía el Winchester y se dirigía hacia la ventana enrejada de delante.

Su aparición provocó un clamor general. Había algo desagradable y animal en aquel griterío, algo que a Lee le produjo escalofríos. Nunca había estado encerrado, jamás se había sentido tan a merced de los hombres.

—¡Quédense donde están! —gritó Randall—. No va a haber ninguna fiesta en el patíbulo de Pecos esta noche.

Lanzaron una sarta de insultos y abucheos dirigidos al sheriff. Fue entonces cuando uno de ellos avanzó unos pasos y, tambaleándose por el exceso de alcohol, gritó:

—¡O nos lo entrega o entramos a buscarlo! ¡Todos sabemos lo que ha hecho!

¡Era Doherty!

La respuesta de Randall quedó sofocada por los vítores que siguieron a las palabras de Doherty. La turba volvió a avanzar. Randall corrió a la puerta y dejó caer la tranca para cerrarla bien. Al instante, la muchedumbre se abalanzó sobre la puerta y los hombres comenzaron a empujarla con los hombros. Ya nada podía calmarlos, y Randall lo sabía. Al ver que el roble empezaba a combarse, se volvió hacia la mesa y cogió a toda prisa los revólveres de Lee.

Se acercó a la celda y la abrió.

—¿Va a dejar que lo ayude? —preguntó Lee con súbito regocijo.

—Tú te vas de aquí ahora mismo —respondió Randall entregando las armas a su detenido.

—¿Me está diciendo… que me deja libre?

—Sí, así de simple. Vamos, no te quedes ahí de cháchara. Sal de aquí antes de que se acuerden de la puerta trasera.

—¿Pero qué le van a hacer a usted? —quiso saber Lee con repentina preocupación.

Randall se encogió de hombros.

—Me temo que eso está en tus manos, hijo. Lo que es yo, no tengo la misma opinión de ti que ellos. Será porque no suelo creerme todo lo que oigo. Sé que me va a costar el puesto, a menos que…

—¿A menos que qué? —preguntó Lee al tiempo que se abrochaba los cinturones.

—A menos que seas capaz de asustar al culpable con más éxito que yo. No pienso quedarme de brazos cruzados mientras ellos cuelgan a un hombre que tal vez sea inocente.

La puerta comenzaba a astillarse. Lee fijó la mirada en el sheriff unos instantes y después le estrechó la mano.

—Haré lo que pueda, Randall.

—Vamos, sal de aquí.

Lee corrió hacia la puerta de atrás y salió con sigilo. Tan sólo un hombre se había aventurado a dirigirse hasta allí y la sorpresa que se llevó fue tan monumental que no pudo sino contemplarlo boquiabierto. Cuando al fin hizo amago de desenfundar, Lee lo tumbó de un puñetazo.

A continuación se escabulló en la sombra que brindaba el edificio contiguo y avanzó con suma cautela, un poco aturdido por su repentina puesta en libertad y sin comprender aún la verdadera razón de la misma.

Estaba a punto de salir y buscar un potro salvaje cuando de pronto se le ocurrió que no serían pocos los que, entre aquellos hombres, habrían recibido formación como exploradores del ejército. Por otro lado —hizo una pausa y un ligero esbozo de su característica sonrisa relajó su rostro— ¿a quién se le iba a ocurrir buscarlo en el pueblo mismo?

Echó a correr de inmediato hacia la caballeriza. Al doblar la última esquina vio que la turba seguía golpeando la puerta de la cárcel. En la caballeriza no había un solo encargado. Todos los habitantes de Pecos se habían vuelto locos a la vez.

Lee cogió la escalera de mano para subir al granero y se encaramó a ella con rapidez. Pisando los haces de heno, llegó hasta el frente agrietado del edificio. Allí podría tumbarse en el suelo y, a través de la abertura destinada a volcar el heno de los caballos, controlar todo el interior de la caballeriza.

Cuando al fin hizo amago de desenfundar,
Lee lo tumbó de un puñetazo.

A la inestable turba le llevó un buen rato tirar la puerta abajo. Los primeros hombres se detuvieron nada más entrar y un clamor del que se hicieron eco los más alejados avisó al pueblo entero que Weston había desaparecido.

Toda la rabia que sentían cayó de inmediato en Randall.

Pero no iban a cometer ningún acto de violencia física. Tate Randall gozaba de la suficiente reputación como para impedirlo. Lo que sí le hicieron fue casi tan malo.

Randall trató de razonar con ellos, pero no querían escucharlo. Comenzaron a insultarlo, compitiendo entre ellos a ver quién decía la obscenidad más despreciable.

A medida que transcurrían los minutos se hacía más evidente que los quince años de carrera de Randall acababan de llegar a su fin en aquel mismo momento. El control había pasado a la mayoría.

Unos comenzaron a dispersarse en círculo con la esperanza de hallar algún rastro del fugitivo. Otros ensillaron los caballos y salieron en su busca alrededor de Pecos. También hubo quienes decidieron no moverse y hacer conjeturas sobre el posible paradero del inculpado.

Así transcurrieron varias horas. Cuando unos volvían del rastreo, otros salían. Cerca del amanecer, toda la zona de los alrededores se había consagrado a la búsqueda, rastreaban llanuras y despeñaderos con la esperanza de hallar alguna señal que los condujera a Weston.

Poco a poco, Lee se fue tranquilizando. Se prometió que si llegaban a descubrirlo, les presentaría batalla mientras tuviera balas que disparar, y después, mientras tuviera fuerza en sus puños. No tenía la menor intención de rendirse ante esa panda de desquiciados.

A pesar de la tensión que acusaba, tenía tiempo de pensar. Le parecía una locura que Randall le hubiera dejado salir. Pero entonces vio otra razón, más allá de la piedad, que podía explicar aquel gesto y que lo terminó de convencer. Si Weston se quitaba de en medio, el cabecilla de la banda podía dejar de cometer sus tropelías sin temor a ser al fin descubierto. Claro que, para compensar, la liberación de Weston también daba luz verde a los forajidos para seguir en lo suyo. Fue entonces cuando Lee empezó a comprender la arriesgada jugada del sheriff.

Si Lee no hacía algo, el viejo Tate Randall jamás podría volver a levantar la cabeza en Pecos Valley, ni en todo el oeste, a decir verdad. Había apostado su futuro a la posibilidad de que Lee se mantuviera firme y entregara al verdadero culpable. Aquel acto de fe en él le hizo sentirse mejor.

Estudió con detenimiento las distintas posibilidades. De Dodge ya no estaba tan seguro. Si había tenido que elegir a su gente una vez aquí, tuvo que conformarse con lo que quedaba, los desechos de otras cuadrillas en estos tiempos tan ajetreados.

Por último, se concentró en un hombre que aún seguía activamente empecinado —ahora, a media mañana— en que no decayese la agitación del pueblo.

Doherty lo había entregado. Era evidente que Doherty había dirigido aquella turba dispuesta a lincharlo, seguramente fue el que la inició, viendo el riesgo que corrían sus cinco mil dólares si Lee llegaba a juicio y declaraba quién acompañaba a Doherty cuando lo encontró en la sierra.

De pronto todo encajaba. Doherty había estado en la oficina del sheriff aquella fatídica mañana. En cuanto salió, ni John Price ni otros integrantes de la *Triple D* perdieron tiempo en quitarse de encima una posible amenaza a sus planes, sin imaginar por un instante que el blanco al que apuntaban era experto en el arte.

Puede que Dodge encajara en todo aquello, puede que no. Pero para Lee era evidente que los cinco hombres de la sierra y la cuadrilla del *Triple D* eran los responsables de los asaltos.

Eso simplificaba las cosas. Lo único que tenía que hacer era descubrir de algún modo la guarida de Doherty, reunir las pruebas que hicieran falta y regresar con ellas a Pecos. Eso lo dejaría libre de toda sospecha y restituiría a Randall. Además, alejaría a Ellen del peligro, un peligro que era muy real.

Las horas se alargaron sin fin hasta que, al mediodía, llegó Harvey Dodge desde el rancho para ofrecerse a ayudar en la búsqueda. Era evidente que no tenía intención de salir con ellos cuando entró en la caballeriza con su piamonte y él mismo lo desensilló, pues el ayudante se había ido.

Lee observaba desde arriba al desprevenido Dodge que, hecho una furia, se puso a cepillar el caballo a toda prisa, ansioso por entrar en faena cuanto antes.

Pronto se oyó el taconeo de unas botas procedentes de la puerta principal y Lee vio entrar a Doherty. El hombre se frotaba las manos, blancas como la leche, y sonreía de oreja a oreja según se acercaba a Dodge.

—¿Vamos ya al banco a sacar los cinco mil dólares? —preguntó Doherty.

Dodge alzó la mirada con irritación.

—Te recuerdo que los carteles decían «arresto seguido de una condena de…». Y está claro que no ha durado mucho.

—Eso no tiene nada ver con mi aportación —respondió Doherty—. ¿Acaso puedo impedir que se escape?

—Según dicen, tú eres el incitador de la turba —dijo Dodge—. Y eso es lo que ha hecho que ese maldito Randall lo dejara escapar. ¡Ya verás cuando agarre a Randall!

—Lo que yo haya hecho no importa en absoluto —sentenció Doherty—. Yo lo entregué y por tanto reclamo mi dinero.

—Adelante, reclámalo. Todo esto lo has provocado tú, además no parece que vaya a recibir ninguna condena por ahora. No me echaría para atrás si Randall no lo hubiera soltado por tu culpa.

—Eso no es más que una excusa —replicó Doherty con violencia—. Lo que creo es que no tienes los cinco mil dólares.

—Los tendré en cuanto despache el envío de carne vacuna a Kansas City.

—¿Estás diciendo que estás arruinado? —preguntó Doherty.

—¿Arruinado? Ningún hombre está arruinado con cien mil dólares en tierras y vacas. Si atrapan y condenan a Weston, te pagaré esa recompensa y todas las que hagan falta. ¿Está claro?

—No, no está nada claro —replicó Doherty.

Dodge le dio la espalda y se dispuso a vaciar una lata de avena en el pesebre de su piamonte.

Todo fue tan vertiginoso que Lee no tuvo tiempo de avisar a Dodge, por muy suicida que hubiera sido el gesto. Estirando el brazo con un súbito ademán, una Derringer cayó de la manga de Doherty y fue a parar a la palma de su mano. Aprovechó ese mismo ademán para apretar el gatillo.

El disparo fue atronador. Dodge se agarró al borde del pesebre e intentó darse la vuelta, pero le faltaba el aliento y ya le fallaban las piernas.

Weston vio la oportunidad. Apuntó a Doherty con el revólver desde arriba.

—¡No te muevas!

Doherty alzó la mirada. El segundo disparo de la Derringer fue tan veloz que ni siquiera le dio tiempo a terminar de decirlo. El balazo le llenó los ojos de astillas y, aunque probó suerte, oyó pasos que se alejaban y supo que había perdido.

Sólo sabía una cosa. Tenía que salir de ahí antes de que aquellos hombres entraran en tropel al granero. Puede que Doherty fuera lo bastante necio como para dar la voz de alarma, y en tal caso intentarían matarlo sin darle tiempo a decir lo que había visto.

Bajó por la escalera de mano. Su caballo estaba en el establo de la derecha y sin perder un solo instante le echó una silla al lomo. Después le ajustó la brida a toda velocidad. Ya los oía llegar.

Se dirigió rápidamente a la parte de atrás del establo con intención de salir por aquella puerta. Antes de franquearla, volvió la vista atrás y se sobresaltó.

Ellen ya estaba a mitad de los establos y miraba a Dodge, desplomado sobre el borde del pesebre. Desvió la mirada hacia Weston.

—¡Lee! —gritó—. ¡Has… has matado a mi padre!

Por mucho que le aterrara aquella interpretación de los hechos, no podía detenerse. Ya empezaban a entrar en la caballeriza. Tiró del caballo hasta la puerta de atrás y montó de un salto.

El disparo de un Colt sonó a sus espaldas, tras de lo cual hubo una sonada descarga. Sin perder un instante, los hombres salieron en busca de sus caballos anunciando a los cuatro vientos la noticia y provocando con ello un caos total en el pueblo.

A golpe de fusta, Lee galopaba hacia la brillante luz del sol a la velocidad del rayo, maldiciéndose por la locura que le hizo quedarse en Pecos.

Y ahora, ¿qué pensaría Ellen? Harvey Dodge con un disparo en la espalda, su propia presencia en la caballeriza…

¡Ahora sí que estaba perdido!

Capítulo Siete

En aquella huida, Lee los aventajaba en dos aspectos. Su caballo había descansado y comido la correspondiente ración de avena la noche previa, mientras que la legión de perseguidores ya estaba exhausta, tanto los jinetes como los caballos, pues lo habían buscado sin tregua toda la mañana.

Bajo un sol de justicia que le daba de lleno en la cabeza desnuda y un viento abrasador que hendía su enjuto rostro, Lee se dirigió hacia el este y puso a prueba su buen conocimiento del terreno metiéndose por el primer barranco que encontró y siguiendo su curso tortuoso hasta la primera bifurcación. Cada vez que lo hacía lograba perderse de vista unos minutos. Las vaguadas estaban secas y eran tan pedregosas que el rastro que dejaba a su paso era muy leve. Por otra parte, atrapados en aquel laberinto de cauces secos, sus perseguidores tenían que detenerse unos segundos valiosísimos para seguir el rastro y, cuando al fin volvían a tenerlo a la vista, la distancia que los separaba era mayor.

Lee se alejaba más y más del alcance del Winchester y cuando llegó a una pequeña cadena de colinas se adentró en una serie de zigzags, cada uno de los cuales volvía a alejarlo de la senda que sus perseguidores creían que iba a tomar.

Transcurrida una hora pudo aflojar la marcha del caballo, empapado en sudor. Decidió meterse por un camino pedregoso y, siguiendo una sinuosa ruta, llegó a la cresta de un cerro más elevado que el resto desde donde dominaba todo el valle.

Allí advirtió que muchos de los que participaban en la persecución ya habían roto filas apiadándose de sus caballos. Estos avanzaban a duras penas y decidieron dispersarse con la vana esperanza de que el fugitivo volviera sobre sus pasos y se toparan con él.

Tumbado boca abajo y oculto en un peñascal, veía de vez en cuando algún que otro grupo separado del resto que había decidido seguir su propia iniciativa. Pero, dada la situación del cerro, eran pocos los que llegaban a acercarse siquiera, pues se encontraba a la derecha, demasiado desviado del rumbo que conducía a las montañas y que suponían que cualquier hombre en su sano juicio habría tomado.

Lee tenía hambre, la tensión lo había extenuado y además empezó a ser consciente de la sed que tenía. Su situación ya era precaria de por sí, sin estos últimos escollos. El lugar entero se había alzado en armas tras aquel disparo a Harvey Dodge por la espalda, de modo que no era muy probable que aquellos hombres le fueran a conceder amnistía. Además, si no lograba de algún modo llevar a Doherty a manos de la justicia, el estigma lo perseguiría allá donde fuese.

Si alguna vez tuvieron el convencimiento de que Lee era culpable de los actos criminales del valle, ahora lo creerían con más razón que nunca.

Y Ellen… Se estremeció sólo de pensar en cómo debía de sentirse. Lo que más anhelaba era demostrarle que era digno de los cuidados que ella le había dedicado.

Una angustiosa sensación de impotencia se apoderó de él a medida que crecía su malestar físico. Sin un rifle a mano no podría cazar ningún animal en las montañas. Podía arriesgarse y matar algún novillo en la pradera, pero no se atrevía a acercarse a ningún rebaño.

A última hora de la tarde vio que, poco a poco, los grupos iban regresando a Pecos en busca de comida y caballos frescos antes de reanudar la búsqueda. El estado de excitación era tal que Lee sabía que no perderían mucho tiempo en descansar, y que seguramente volverían a salir esa misma noche con intención de rastrear hasta el último rincón de la sierra. De modo que no se atrevía a adentrarse en las espesuras que tan bien conocía. ¡Estaba absolutamente atrapado!

Sólo quedaban dos jinetes cabalgando en su dirección, pero estaban demasiado lejos para poder identificarlos. Era evidente que se dirigían al *Triple D*. Al fin logró reconocer al rollizo Buzz Larsen y, detrás de él, a Ellen.

Al verla cabalgar con tal desánimo, Lee se temió lo peor respecto a Dodge. Tuvo que contener el impulso de salir a su encuentro e intentar convencerla de su inocencia. Pero era demasiado peligroso dejar su posición. No tenía forma alguna de saber si aún quedaba algún grupo disperso siguiéndole el rastro.

La vio pasar al pie del cerro en el que se encontraba y sintió una profunda pena por ella. ¿Cómo iba a sentirse, ahora que

Dodge tal vez había muerto y que, al parecer, la confianza depositada en un hombre demostraba ser inmerecida?

Lee la perdió de vista y acto seguido apoyó la cabeza en el brazo, tratando de hallar la manera de salir del lío en el que se había metido hacía un mes y que cada día se complicaba más. No podía ir a ningún lado sin comer. No se atrevía a adentrarse en las montañas, y toda la sierra de alrededor era muy peligrosa. No tenía municiones, ni mantas, ni rifles, además le quedaban muy pocas balas para los revólveres. Una solución era tender una emboscada a algún integrante de los grupos que saliesen en su búsqueda, pero quería evitar todo acto de violencia a menos que sirviera para conducirlo a Doherty.

¡Doherty, esa rata hipócrita! ¿Por qué demonios, pensó Lee, no podía un hombre reconocer la evidencia cuando la tenía delante? Había sido Doherty desde el principio. Pero en aquel momento, la palabra de Lee pesaba mucho menos que la de Doherty, de modo que le atribuirían el disparo a él incluso delante del juez o del jurado, si es que aquel agitado valle le permitía vivir para presenciarlo.

Tenía la impresión de que su destino era perder todo lo que había tenido o deseado. Su padre, la herencia de Pecos Valley, la única chica a la que había mirado más de una vez, su reputación…

Se sentó y esbozó una sonrisa fría y amarga. No le quedaba nada. No tenía nada que perder, independientemente de lo que hiciera o de cómo lo hiciera. ¿Acaso no quería hablar con Ellen? ¿No quería tratar de convencerla de que él no había disparado contra Dodge? Bien. En tal caso, el lugar indicado para hacerlo era el *Triple D*. Además, allí conseguiría armas, municiones, mantas y comida. Con tanto ajetreo ninguno de los jinetes estaría allí. Sería el último lugar en la faz de la tierra donde lo buscarían.

O tal vez no. ¿Cómo podía estar seguro de que los jinetes se habían ido?

Iba a tener que correr ese riesgo. Lo que estaba claro es que no podía quedarse ahí y entregar su alma. Tenía que pensar en Tate Randall.

Ya había anochecido cuando se levantó y ajustó la cincha del caballo. Con suma cautela, descendió con su caballo por la falda del cerro, entre aquellas cumbres rocosas que sobresalían cual grotescos ídolos paganos bajo las estrellas, con todos y cada uno de ellos juzgándolo en silencio.

Le esperaba la salvación, o bien la última batalla de su vida.

Capítulo Ocho

Tumbada en su cama con dosel, Ellen estaba lejos de conciliar el sueño. Escudriñaba la oscuridad tratando de no pensar en que el doctor Franz había dicho que la probabilidad de que Harvey Dodge se recuperara era una entre un millón. Le había prometido que, en cuanto se supiera algo definitivo, tanto del estado de su padre como de la suerte de Lee Weston, le mandaría un jinete para avisarla. Entre el médico y Buzz la habían convencido de que regresara al rancho. En Pecos podía suceder cualquier cosa en aquellos momentos.

Una langosta se frotaba las patas con insistencia al otro lado de su ventana: era lo único que se oía en la noche desierta.

Jamás se había sentido tan sola. El mundo que la rodeaba fue siempre violento desde que su madre falleciera en San Luis. Y, pese a toda esa brusquedad, había en su padre una cierta solidez, y hasta ternura a veces, que hacían que su ausencia ahora fuera como si le arrancaran un pedazo de vida.

No soportaba lo que creía haber visto. La única persona del mundo, aparte de su padre, que había despertado todo su interés era Lee Weston. Y su deserción le resultaba doblemente dura. Si no le hubiera salvado la vida, pensaba, su padre ahora estaría vivo. Y tratando de conservar a los dos, los había perdido.

No sabía lo que iba a hacer. Esa cuadrilla de matones que su padre se había visto obligado a contratar por falta de hombres jamás acataría las órdenes de una mujer. En el rancho no estaba más que lo estrictamente necesario debido al personal. A menudo se sentía el centro de todas las miradas y sabía que en cuanto se daba la vuelta empezaban los comentarios de todo tipo. No dudaba de su capacidad para defenderse de ellos. En una ocasión, John Price la agarró de la muñeca en el establo y ella le cruzó la cara con una fusta.

Es probable que aquella anécdota contribuyera en gran medida a despertar en ella la compasión que sintió por Lee Weston cuando lo vio en las montañas. Matar a un demonio como Price no podía ser un crimen. Hubo un tiempo en que Ace Doherty, engalanado con su mejor velarte negro, la cortejaba, hasta que advirtió que ella nunca estaba en casa si sospechaba que él iba a ir. Una vez dejó dicho que estaba enferma pero, de regreso al pueblo, Doherty se la encontró volviendo de un paseo a caballo a la luz de la luna. Sintió deseos de golpearlo cuando le oyó sugerir que en realidad volvía de una cita amorosa.

Deseaba con toda su alma no haber ido nunca a Pecos Valley. Durante los meses que habían vivido en el lugar no había habido más que problemas y preocupaciones. Desaparecía ganado, había peleas…

—Dios mío —le susurró a la almohada—, ¿es que no hay paz en este mundo?

Le pareció oír una pisada y se incorporó ligeramente

aguzando los oídos. La langosta guardó silencio y el viento agitó las cortinas. A continuación percibió otro ruido, un leve roce en la pared. Alguien estaba inspeccionando el exterior de la casa.

Cuando oyó el crujido de la contraventana de la habitación de al lado se levantó y buscó el pequeño .41 que colgaba de la pared. No llegó a cogerlo. En aquel instante un hombre cruzó el umbral de la puerta.

—Ellen. No pasa nada. Soy yo, Lee Weston.

Ellen se dio la vuelta muy despacio y lo miró. El corazón le latía con fuerza, pero prendió la vela de la mesilla con calma.

Cuando la luz de la vela lo iluminó, vio lo demacrado y cansado que estaba y de pronto advirtió el tremendo empuje de aquel hombre, capaz de seguir adelante pese a no haberse recuperado del todo de sus heridas.

Lee se acercó nervioso al pie de la cama y apoyó las manos en la barandilla.

—Ellen, tienes que creerme. Yo no disparé contra Harvey Dodge. Yo estaba en el granero y vi lo que sucedió. Lo hizo Doherty y yo…

—No mientas, por favor —dijo ella con gran tensión en la garganta.

—¡Ellen! No estoy mintiendo. ¡Dios! ¿Es que no va a haber nadie dispuesto a creer la verdad?

—¿Por qué has venido?

—Para decírtelo. Para volver a pedirte ayuda. Tate Randall me dejó escapar y yo le prometí que entregaría al responsable de todos estos delitos. Pero me buscan por todas partes. Necesito comida y municiones…

—Para volver a matar —replicó ella con aspereza—. Vete, Lee. Eso es todo lo que puedo hacer por ti. No le diré a nadie que has estado aquí.

Lee se quedó mirándola un buen rato sin moverse. A ella le incomodaba esa mirada y se arropó más con las sábanas.

Al cabo de un rato, Lee se dio la vuelta y se sentó en el alféizar de la ventana. Sacó el tabaco y se lió un cigarrillo con parsimonia.

—No te culpo por creer todo lo que se dice de mí. Es cierto que usé las armas en Wyoming. Pero no te olvides de esto que te digo, Ellen. Tu padre era demasiado mayor para inspirar temor al desenfundar. No hacía falta dispararle por la espalda, a menos que le tuvieras miedo.

—No hables —susurró ella—. No puedo creerte.

—¿Está vivo?

—No me han dejado quedarme... —de pronto advirtió que la atracción que sentía por él era tan fuerte que no podría resistirse a menos que se negara a seguir hablando.

—Vete. Hay media docena de hombres por aquí. Buzz creyó que podías venir a buscar comida y armas...

Dicho esto, guardó silencio sin dejar de mirar a Lee y oyó a lo lejos un alboroto que crecía por momentos y anunciaba la llegada de un grupo de jinetes. Lee se levantó del alféizar sobresaltado, tiró el cigarrillo por la ventana y retrocedió unos pasos. Miró a su alrededor y vio que a su izquierda había un armario oculto tras un sarape que colgaba a modo de cortina. Le dirigió a Ellen una mirada suplicante y se escondió en su interior, preguntándose si sería o no capaz de entregarlo. Tenía las manos en los revólveres, señal evidente de que temía que lo hiciera.

Los jinetes se detuvieron afuera con gran escándalo y desmontaron los caballos para rodear la casa. Alguien abrió la puerta de delante con estrépito y en las baldosas mexicanas resonó el taconeo de unas botas.

Acto seguido se oyeron las quejas de Buzz, que retrocedió indignado hasta la puerta de Ellen para bloquear el paso.

—No puede entrar, se lo aviso. ¡No lo permitiré!

El ruido de un puñetazo contra piel y huesos retumbó en toda la casa. Buzz cayó de espaldas y al hacerlo abrió la puerta y se quedó tirado en suelo cuan largo era. La sangre le salía a borbotones por la comisura de los labios.

La gigantesca figura de Don José, que miraba a Ellen con ojos anhelantes, apareció entonces por la puerta. Avanzó unos pasos y se quitó el sombrero.

—Buenas noches, señorita.

—¿Se puede saber que significa esto? —preguntó Ellen.

—Hemos venido a buscar unas cosas que se nos han olvidado —respondió Don José—. Unos millares de cabezas de ganado que han reunido para nosotros esta tarde, tal vez algo de comida, quizá todo el dinero que haya en la casa y… —hizo una pausa para efectuar otra excesiva reverencia— también hemos venido a buscarla a usted. Las órdenes eran muy específicas a este respecto.

—¡Cómo se atreve! —gritó—. ¿Quién lo envía?

—Un hombre que se muere por verla. ¿Por qué no nos vestimos y nos vamos, americanita mía?

El sarape que colgaba se corrió y Lee, con un brillo extraño en los ojos, entró en la habitación. Al verlo, Don José, que ya estaba a punto de coger el puñal, detuvo el brazo y lo saludó con una reverencia.

—El gran Weston —dijo Don José—.¡No esperaba encontrarlo aquí! —dicho esto, sonrió—. Tal vez quiera unirse a nosotros, ¿no?

—Sí —respondió Lee al tiempo que desenfundaba los revólveres a la velocidad del rayo, los hacía girar en sus manos y volvía a enfundarlos.

—Vamos, señorita —dijo Don José—. Me retiraré mientras se viste, pero le aviso que afuera hay unos cuantos hombres para impedir que se escape, caso de que lo intente.

Para Ellen, aquella escena que tenía delante sólo podía significar una cosa.

—Lee —dijo desconsolada, viendo cómo todas sus esperanzas se desvanecían de un plumazo.

—Vístete —señaló Lee lacónicamente—. Esperaremos fuera. Y no vayas a eternizarte —añadió antes de salir con Don José de la habitación.

Cuando se cerró la puerta, lo oyó decir:

—No se han hecho esperar, Don José.

—Ni usted tampoco —respondió el fornido mexicano—. Supongo que tenemos que agradecerle la muerte del señor Dodge. Y dígame… ¿ha pensado quedarse mucho tiempo con nosotros?

—Puede que sí, o puede que no —respondió Lee antes de volver a abrir un poquito la puerta—. Si no te vistes, te llevamos como estás.

Cuando vio que la puerta se cerraba, Ellen salió de la cama de columnas con total desaliento y buscó la ropa, comprendiendo lo inútil que era oponer resistencia. La única precaución que tomó fue esconderse el .41 en la camisa.

Dio un golpecito en la puerta y ésta se abrió. Flanqueada por Lee y Don José, cruzó la casa hasta llegar a los escalones de la puerta de entrada.

La aparición fue recibida con un grito ahogado de asombro. Dos o tres hombres quisieron desenfundar sin perder un segundo, pero otros se apresuraron a inmovilizar sus errantes muñecas. Todos miraban la escena absortos, alertados por lo que Lee pudiera hacer.

Pero Lee no les prestó la menor atención, se limitó a ayudar a Ellen a subir al caballo que ellos habían ensillado. Después se encaminó hacia el establo, detrás del cual aguardaba su caballo, lo sacó de ahí y se subió a él para regresar junto a Don José.

La cuadrilla entera, que contaba con treinta y cinco hombres, la mitad de los cuales ya se había abierto en círculo para empezar a conducir los rebaños reunidos aquel día, tenía sus reservas respecto a lo que hacer con Lee. No tenían órdenes específicas y ninguno de ellos se atrevía a hacer nada por propia iniciativa. Además, Lee parecía entenderse bien con Don José. Paralizados por su propia confusión, de momento decidieron no hacer nada.

Ellen, paseando la mirada en torno suyo, no podía creer que la mayor parte de aquellos hombres fueran peones de su padre. Estaba compungida por lo que Don José había dado a entender respecto a la muerte de Dodge. Ya no le quedaba nada en el mundo. Lee parecía tan seguro de sí mismo que lo último que sospechaba era que, en realidad, se había expuesto a que lo dispararan por la espalda en cualquier momento.

Dieron la vuelta y, salvo unos cuantos que acompañaban a Lee y a la chica, los demás salieron a medio galope para reunir los rebaños y llevarlos al destino. Don José, atraído por la belleza y por aquel cabello castaño, se quedó con ellos.

—¿Dónde pretenden llevarse al ganado? —preguntó Ellen al fin.

—Todo México lo espera con los brazos abiertos —respondió Don José.

Haciendo un pomposo ademán con la mano, añadió:

—Esta noche dejamos todo esto, gracias a las generosas actividades de nuestro querido suicida Weston. Esta noche saldremos sin más tardar y no descansaremos ni nos detendremos a abrevar el ganado hasta haber cruzado la frontera. Hay un lugar en las montañas… ah, en su vida ha visto nada igual, se lo aseguro. Es un cañón que se va ensanchando hasta formar vastas praderas, donde los manantiales vierten sus aguas en los arroyos; no hay forma de atacar ese lugar porque el único acceso es un estrecho barranco en el que cualquiera de nuestros hombres podría frenar a una legión de jinetes. Es un lugar idóneo, señorita. Estoy seguro de que le encantará.

De vez en cuando, Ellen miraba a Lee, pero no detectaba en su rostro la menor tensión. Cabalgaba junto a aquellos tipos como si se encontrara en su salsa, cuando lo cierto era que se mantenía bien alerta por si oía el menor ruido de algún mazazo que le pudieran lanzar a hurtadillas por la espalda, o por si veía acercarse a Ace Doherty, que sin duda alguna ordenaría su ejecución nada más aparecer.

Capítulo Nueve

Rayaba el alba cuando cruzaron la frontera y el sol ya asomaba por el horizonte cuando la lenta expedición llegó al lugar señalado del cañón. Era tal y como lo había descrito Don José, de modo que Ellen se descorazonó al comprobar que un solo hombre podría defender aquel lugar de todo el que quisiera acceder a él. Las paredes eran escarpadas y una sola peña aislada junto al sendero brindaba generosa protección.

Pero no fue eso lo único que vio Ellen. Pastando en aquella pradera había varios centenares de animales del *Triple D*, así como otros muchos con diferentes marcas. A este lugar había ido a parar todo lo que se había extraviado en Pecos Valley.

Se detuvieron delante de unas cabañas bajitas y precarias y Ellen vio que los hombres se disponían a desmontar. Lee lo hizo junto a los demás, su rostro seguía siendo impenetrable y la actitud del resto respecto a él todavía era incierta. La exagerada importancia que los habitantes de Pecos le habían concedido a Lee se traducía en el sumo respeto que infundía en aquel campamento de bandidos.

Ellen, que no podía sino asociar a Lee con aquellos tipos, se percató de lo mucho que su padre había sido engañado por la gente que lo rodeaba. El *Triple D* había sido el refugio de la mayor parte de aquellos hombres. ¿A quién se le habría ocurrido buscar en semejante rancho a una banda de forajidos? Seguramente, John Price había sido el cabecilla hasta el día de su muerte. Y Ellen cometió el error de suponer que al matarlo, Lee le había arrebatado el mando. ¿De qué otro modo cabía interpretar aquel insólito respeto que les inspiraba?

Siguiendo las indicaciones de Don José, Ellen se bajó del caballo y se metió en la primera cabaña, la más grande que había, tocando con una mano el .41 y vigilando de cerca los posibles movimientos de Don José.

Lee se quedó afuera. Trajinaba de un lado a otro mientras el resto evitaba su encuentro, sin saber aún si Doherty había reclutado a aquel hombre o no. Lo único que los puso un poco nerviosos fue verle echar el lazo a un par de potros de la manada reservada para aquel día y atarlos a continuación. Pero lo hizo con tal seguridad y despreocupación que no se atrevieron a interferir.

Lee acercó los caballos a las cabañas y les cambió las sillas. Lo hacía tan abiertamente que seguían sin molestarlo. Pero todas y cada una de las fibras de su organismo estaban más tensas que las cuerdas de un violín. No podía faltar mucho para que llegara Doherty.

Tensó las cinchas y, con gran audacia, abrió de una patada la puerta de la cabaña y entró. Ellen se encontraba de pie en la pared más lejana y Don José estaba sentado en una silla liándose un cigarrillo. El mexicano grandullón le dirigió una sonrisa al verlo entrar.

—Señor Weston —dijo Don José—, me sigo preguntando

si a Ace Doherty le parecerá bien que se haya unido usted a
nosotros.

—¿Ah, sí? —dijo Lee.

Ellen se puso alerta, viendo de súbito la otra cara de la
situación y acariciando renovadas esperanzas.

Lee cerró la puerta de otra patada. Don José acusaba cierto
nerviosismo.

—No se mueva —dijo Lee con calma— y no le pasará nada.

—¿Qué va a hacer? —preguntó Don José con súbita alarma.

—La señorita Dodge y yo nos vamos a dar un paseo matinal.
Los caballos ya están preparados. Un par de caballos frescos,
lo que le agradezco de veras. Y usted, Don José, va a salir a
la puerta a despedirnos y nos va decir que no tardemos en
volver. ¿Lo ha entendido? Por cierto, también me voy a llevar
el cuchillo ese que lleva detrás del cuello y su revólver, si no
le importa. Y no se olvide de que la primera palabra de aviso
que dé a los demás será también el primer balazo que reciba
por mi parte. Me parece que no necesita más pruebas de lo
que saben hacer mis revólveres.

—No —se apresuró a contestar Don José.

Lee le cogió el revólver, pero cuando fue a quitarle el
cuchillo, el mexicano trató de golpearlo. El puñetazo no llegó
a buen puerto. Al contrario, Don José cayó al suelo y se quedó
sentado frotándose la mandíbula. Lee se puso el cuchillo en
el cinturón.

—Recuerde bien lo que le he dicho —le advirtió.

Después se volvió hacia Ellen.

—¿Te animas a intentarlo?

Ellen tenía la garganta tensa de pura emoción.

—Sí.

Lee dejó que ella saliera primero. Todos los hombres del campamento dejaron de hacer lo que estaban haciendo y clavaron la mirada en ellos dos al verlos salir. Aquello ya era demasiado, había murmullos airados aquí y allá y más de uno se llevó la mano a la culata del arma.

Por otra parte, Don José estaba en la puerta viendo cómo se subían a los potros. Y fue el mismo Don José quien dijo, si bien es verdad que con cierto titubeo:

—No tarden en volver, Weston.

—De eso puede estar seguro —respondió Lee—. Vamos, Ellen —y en voz baja añadió—. ¡Prepárate para cabalgar como nunca en la vida!

Golpearon con la fusta los ijares de los potros y estos salieron con brío. En cuestión de segundos ya iban a todo galope, y más les valía que así fuera.

—¡A ellos! —vociferó Don José—. ¡Que no escapen!

Las armas tronaban a sus espaldas y las balas zumbaban por todas partes. Pero iban demasiado rápido y estaban demasiado lejos para que los Colts pudieran disparar con precisión. En cualquier momento alguien cogería un Winchester pero para entonces Lee esperaba estar ya en la entrada de aquel valle escondido.

Fue entonces cuando advirtieron que un jinete se acercaba hacia ellos.

¡Era Doherty!

El hombre frenó la marcha con verdadero asombro, no tenía

la menor idea de quién podrían ser aquellos jinetes, pero los disparos que oía tras ellos y la falda de montar que veía no auguraban nada bueno. Sujetó el caballo y se llevó la mano al revólver de inmediato.

Lee disparó de frente, desde la silla. Doherty se tambaleó. Lee volvió a disparar y esta vez derribó al jefe de los forajidos, cuyo disparo se estrelló contra el cielo mientras él se desplomaba en el suelo.

Acto seguido, Lee hizo algo asombroso. Se colgó de la silla, agarró a Doherty de la parte delantera del velarte y lo encaramó de un impulso al pomo de la silla, como un saco de patatas.

Los hombres los perseguían con caballos frescos, de modo que los potros que ellos llevaban ya no suponían ventaja alguna. Además, con aquel peso añadido, Lee no concebía la menor esperanza de dejarlos atrás.

Atravesaron a toda prisa la estrecha boca del desfiladero. Nada más hacerlo, Lee se detuvo y corrió a cobijarse detrás de la roca de la entrada.

—Ve a buscar a Randall. ¡Avisa a todos los que puedas y tráelos aquí! —le gritó a Ellen.

Ella lo miró y frenó el caballo. Advirtió que la roca tapaba el paso por un lado, pero que también tapaba el valle entero por el lado opuesto. Sabía, sin embargo, las pocas posibilidades que tenía Lee de mantener esa posición.

—¡Te van a matar! —gritó—. ¡Vámonos!

—¿Y perderlos a todos? —respondió él—. ¡VETE! ¡Estaré aquí cuando regreséis, por el amor de Dios, date prisa!

*Lee volvió a disparar y esta vez derribó al jefe
de los forajidos, cuyo disparo se estrelló contra el cielo
mientras él se desplomaba en el suelo.*

Ellen emprendió la marcha un poco indecisa, pero, cuando comprendió la urgencia de la situación, picó espuelas y cruzó a todo galope las llanuras que conducían a Pecos, consciente de que ninguno de sus habitantes pondría el menor reparo en pasarse de la raya en lo tocante a aquellos bandidos.

Lee logró sentar a Doherty detrás de la roca y acto seguido le arrebató la cartuchera con rapidez. Doherty, con una bala en cada hombro, no estaba para peleas en aquel momento. Se limitaba a mirar a Lee con el ceño fruncido mientras éste encaraba la oleada de jinetes que lo perseguía a toda velocidad.

Los forajidos lo vieron. De inmediato estallaron una docena de revólveres con intención de derribarlo del caballo.

Lee comenzó a disparar con la fría calma del que practica el tiro al blanco. Revólver derecho, revólver izquierdo, revólver derecho. Una y otra vez. Sin prisa, espaciando los disparos y apuntando con precisión.

Las sillas iban quedando vacías y los caballos, ahora sin jinetes, seguían avanzando solos. A continuación, se levantó un remolino de polvo en el lugar donde se hallaba Lee, después los caballos habían desaparecido y Lee se encontraba arrodillado encima de la roca con un Winchester que había arrebatado de una de las monturas y una cartuchera con cartuchos de rifle obtenida de la misma manera.

El rifle con el que empezó a disparar hacia el campamento tenía la culata manchada de sangre. Los hombres corrían a resguardarse para librarse de aquella frenética descarga procedente de la cima de la roca, una suerte de lluvia de plomo horizontal que aullaba y retumbaba en el estrecho paso.

Lee se encorvó una vez y se llevó la mano a un punto del brazo izquierdo que se le había quedado entumecido. Se agachó un poco más y reanudó la descarga, el cañón del rifle estaba tan caliente que no se podía ni tocar.

Esquirlas de roca le perforaron la mejilla. Un inesperado rebote le acuchilló el costado.

Lee seguía disparando.

—Vamos, Ellen —susurraba en medio de aquel estruendo.

Capítulo Diez

Comenzaba a ponerse el sol cuando los veloces jinetes de Pecos cabalgaban en tropel rumbo al sur y al desfiladero, percibiendo ya el fragor del tiroteo. El solo hecho de que continuaran los disparos significaba que Lee estaba vivo y Ellen dio gracias al cielo por ello.

Como un verdadero torrente de furia, los hombres de Pecos penetraron en el desfiladero. Si el tiroteo hubiera sido al otro lado de la roca, no podrían haber entrado. Pero ya no había defensa.

Un hombre que más bien parecía un espantapájaros andrajoso, cubierto de humo de pólvora y pálido por la pérdida de sangre, resistía inquebrantable tras la roca, desde donde seguía disparando aún después de casi siete horas de espera.

Lee los oyó llegar. Ni siquiera desvió la mirada. El rifle se le deslizó silenciosamente de las manos entumecidas y él cayó de bruces sin hacer el menor ruido.

Sedientos de venganza, los hombres de Pecos pasaron de largo cargando contra aquella barahúnda que era el campamento de los forajidos. Pero ya no había mucho que atacar. La veloz y mortífera cortina de fuego había cumplido su cometido. Todavía quedaban en pie once hombres, que no perdieron tiempo en levantar las manos, con los nervios destrozados por la precisión atroz de los disparos de Lee Weston.

Todo había terminado. Ellen apoyó la cabeza ensangrentada de Lee en su regazo y le puso una cantimplora en los labios. Lee se espabiló al saborear el agua y bebió con avidez hasta que ella lo frenó. Él la miró agradecido.

—Temía…, temía que llegaras de noche —susurró él—. Eso habría sido el fin.

Ellen lo acercó más con un llanto silencioso de alegría y alivio.

Ante ellos apareció la figura de Tate Randall, que se dispuso a sacar a Doherty de donde Lee lo tenía inmovilizado. El estado de Doherty era pésimo, además tenía la moral absolutamente destrozada. Estaba dispuesto a admitir lo que fuera con tal de tener lejos a Lee Weston.

Tate se arrodilló junto a Lee y le cogió la mano.

—Lo has conseguido, hijo. Sabía que lo lograrías.

—¡Yo también lo sabía! —dijo Buzz en tono triunfal.

—¿Cómo…?, ¿cómo está Harvey Dodge? —preguntó Lee.

—El doctor Franz ha logrado recuperarlo. En seis semanas estará como nuevo. Y Franz está aquí con nosotros, dispuesto a ponerse manos a la obra contigo.

—¿Cree que…? —comenzó a decir Lee— ¿… que yo…?

—Qué demonios —interrumpió Tate—. Tus balas son del cuarenta y cinco, y Franz le sacó una Derringer cuarenta y cuatro. Eso sonaba a tahúr, y quien dice tahúr, dice Doherty.

—Entonces, todo ha salido bien —dijo Lee.

—Puedes estar seguro —señaló Tate—. El viejo Dodge dijo
que si eras lo bastante terco como para seguir vivo, todo lo que
era tuyo volvería a ser tuyo, eso y mucho más —dicho esto,
miró a Ellen con una sonrisa cariñosa—. Aunque creo que se
olvida de algo con lo que no contaba —añadió.

—Sí —susurró Ellen estrechando a Lee más contra sí.

Avance del
próximo volumen

A hora que ha concluido la lectura de uno de los fascinantes relatos de la colección La Edad de Oro de L. Ronald Hubbard, pase la página y disfrute de un avance de *Bajo bandera negra*. Acompañe a Tom Bristol cuando escapa de milagro de una injusta sentencia de muerte a bordo del buque británico Terror, atacado por piratas. Pero pronto se verá abandonado en una isla desierta por frenar un motín en el barco pirata. Cuando Lady Jane Campbell se reúne con Tom en el mar, las cosas toman otro rumbo en esta aventura de capa y espada.

Bajo bandera negra

¡Canalla! ¡Mocoso insolente! —gritó el gobernador—. ¿Te has propuesto asesinarme, acaso? ¡Por el amor de Dios! ¿Qué tienes que decir al respecto?

—El pasador... —comenzó a decir Bristol, con voz firme.

—¡Cállate! —bramó el gobernador—. ¡Intento de asesinato, eso es lo que es! ¡Intento de asesinato! Te pagan los franceses para asesinarme. Ahora lo entiendo. ¡Ahora lo entiendo todo!

El capitán Mannville, con una barba plateada que rodeaba su rostro arrogante, fulminó a Bristol con la mirada.

—No es la primera vez que tenemos problemas contigo. Eres consciente, supongo, de que esta acción no va a quedar sin castigo.

Bristol miró a los demás. Tenían los rostros regordetes y rojizos, rostros de vida fácil. Pese a todo, aquella dureza, aquellos ojos despiadados, habían logrado que más de un marinero en cubierta se arrastrara a sus pies.

No es que aquel grupo de oficiales fuera especialmente cruel. Tal vez hasta eran más afables que la mayor parte de la armada británica. Pero corría el año 1680 y la sed de imperio se había apoderado de las grandes naciones del mundo. La vida humana no valía nada. La compasión había caído prácticamente en el olvido. Gran Bretaña se afanaba en la tarea de dominar los mares y España daba ejemplo de lo que era la brutalidad.

El gobernador —antiguo miembro de la corte de Londres, donde se le conocía por Sir Charles Stukely, caballero de honor del rey— separó los pies con firmeza para contrarrestar el molesto balanceo de cubierta y respiró hondo, como queriendo reprimir la furia, indigna de un caballero.

—Los azotes les apaciguan —sentenció Sir Charles—. Si permitimos este insulto, Dios sabe el efecto que esta escoria roñosa puede causar en los demás.

El capitán Mannville asintió.

—Sí, azotes. Bristol, acércate al mástil y prepárate a recibir cien azotes.

A Bristol le abandonó la firmeza. Retrocedió unos pasos, se topó con la barandilla y se apoyó en ella. Su rostro adquirió una tonalidad grisácea pese a la tez morena. Los vientos alisios, de índole impetuosa, le alborotaban el cabello castaño claro.

—¿Cien… cien azotes, señor? ¡Dios mío, voy a morir!

Acudieron a su cabeza escenas de otras flagelaciones. Hasta aquel momento había logrado escapar del látigo de nueve puntas, siempre a mano en todas las armadas para mantener la disciplina. Nadie había sobrevivido a cien azotes.

—¡Cien azotes! —gritó Sir Charles—. Quizá es la única manera de que los necios aprendan a respetar a sus superiores. ¡Esa cabilla que has arrojado con intenciones asesinas podía haberme quitado la vida!

Un pasador no se parece en nada a una cabilla. Pero aquel comentario le dio fuerza. Al fin y al cabo, él, Tom Bristol, era un marino hecho y derecho, y este Sir Charles no era más que un marinero de agua dulce. El desprecio que poseen todos los marinos acudió en su ayuda. Se apartó de la barandilla y se quedó muy erguido, mirando al gobernador a los ojos.

—Sucede, señor, que el pasador se me cayó sin querer. Pero de haberlo sabido, le aseguro que lo habría arrojado con más puntería.

El rostro de Sir Charles volvió a teñirse, con cierto peligro, de un rojo subido. De pronto creció de tamaño, su oronda figura se hinchó aún más, su voz rompió las cadenas de la ira.

—¿Es así como… como te diriges a mí? ¿Señor? ¿Insinúas que…?

Enmudeció. Sus ojos amenazaban con salirse de las órbitas.

—¡Silencio, Bristol! —dijo el capitán Mannville—. Esa insolencia te va a costar otros cien azotes.

Bristol se volvió hacia él. Su mirada era temeraria. Había una cierta sonoridad y desafío en su porte, como el temblor de una fina hoja de acero.

—¿Cien azotes más? —gritó Bristol, al borde de la risa—. ¡No llegaré vivo a los setenta y cinco! Y ahora que aún puedo hablar, Mannville, he de decirle algo que tal vez le interese.

—¡Silencio! —bramó Mannville, con la mano en la culata de la pistola.

—¡Adelante, dispare! ¡Cuanto antes mejor!

Bristol había advertido los rostros que había cerca del corro de hombres. Los hombres que formaban la tripulación lo miraban sin dar crédito, era inaudito que alguien tuviera el valor de hablar de aquel modo a los caballeros.

—Hace cinco meses desembarqué en Liverpool —dijo Bristol—. Sin tiempo de meterme en ninguna de las tabernas, fui sometido por su leva y arrastrado a este buque. Cuando quise protestar, usted ordenó que me pusieran grilletes. Mannville, a la armada británica nunca le ha importado quién tripula sus buques de guerra. En mi puerto natal, figuro como muerto. El barco zarpó sin mí. Quizá las levas puedan justificarse cuando se aplican a los hombres que están en la playa, pero sucede, Mannville, que yo era primer oficial a bordo del navío *Randolph* de Maryland.

—¡Silencio! —volvió a gritar Mannville.

Cada vez le resultaba más difícil mirar a aquel hombre a los ojos, lo que no contribuía a mejorar su humor.

—¡Ordeno que este mocoso insolente sea castigado de inmediato! —bramó el gobernador—. ¡Primero intenta asesinarme y luego osa dirigirse de este modo a los oficiales del rey!

Mannville retrocedió unos pasos e hizo una señal a dos marines reales que se abalanzaron sobre él y lo llevaron rápidamente al mástil. Había dos sogas ya instaladas para todo aquel que tuviera la mala fortuna de ser azotado. Con ellas ataron firmemente las muñecas de Bristol. De cara al mástil, con los brazos extendidos y atados con dolorosa firmeza, sintió el sol abrasador en la espalda. A continuación, vio que el contramaestre daba un paso hacia delante. En la mano llevaba el látigo de nueve puntas.

En sus orígenes, esta clase de látigo era un simple ramillete de tiras de cuero atadas a un mango corto. Pero la armada británica acabó con todo eso. Aquel látigo tenía alambre de latón enrollado a la punta de las tiras, y el latón tenía bolitas de plomo. En manos de fornidos contramaestres, el látigo de nueve puntas causó más muertes que el escorbuto o las armas de fuego.

El capitán retrocedió unos pasos. Sir Charles se acercó un poco más. En los ojos del gobernador había dureza y crispación, como el ágata pulida. El látigo tomó impulso hacia atrás con un veloz silbido. Bristol apretó los dientes y cerró los ojos, a la espera del candente dolor.

Si desea continuar la lectura de *Bajo bandera negra* y obtener una copia, consulte la página www.GalaxyPress.com.

Glosario

Los relatos de la Edad de Oro *recogen palabras y expresiones utilizadas en las décadas de 1930 y 1940, lo que agrega autenticidad y un aire particular a las historias. La manera de hablar de un personaje refleja a menudo sus orígenes geográficos, pero también puede transmitir actitudes típicas de la época. Hemos elaborado el glosario que figura a continuación para que los lectores entiendan mejor los términos históricos y culturales que aparecen en el relato, así como palabras o expresiones poco frecuentes.*

alazán: caballo de color canela que suele tener la crin y la cola blancas.

bayo: caballo de color pardo amarillento con la crin y la cola oscuras.

bombín: sombrero rígido de hombre, de ala pequeña y copa semiesférica.

Cañada Chisholm: en la zona oeste de Estados Unidos, cañada utilizada en el siglo XIX por los vaqueros que conducían ganado de un lugar a otro.

chalana: embarcación de fondo plano utilizada para transporte de mercancía pesada, especialmente en los canales.

Colt: el primer tipo de revólver, inventado y fabricado por Samuel Colt (1814-1862).

coyote: lobo pequeño oriundo de la región occidental de Norteamérica.

criando malvas: estar muerto y enterrado.

cuarenta y uno (.41): pequeña arma de fuego cuyas balas tienen un diámetro exterior de 41 décimas de pulgada.

cuarenta y cuatro y cuarenta y cinco: balas con un diámetro exterior de 44 y 45 décimas de pulgada respectivamente.

Derringer: pistola pequeña, o de bolsillo, fabricada a mediados de la década de 1800.

en vilo: con indecisión; inquietud.

escalera real: en el juego del póquer, la mano que contiene un as, un rey, una reina, una jota y un diez del mismo palo.

full: en el juego del póquer, combinación de trío y pareja.

Hickok, James Butler (Bill Hickok el Salvaje): (1837-1876), personaje legendario del lejano oeste, tal vez el más conocido de la época. Después de luchar en las filas de la Unión durante la guerra civil, se hizo famoso como explorador del ejército y llegó a ser agente del orden y pistolero.

Holliday, John Henry («Doc»): (1851-1887) dentista norteamericano, jugador y pistolero de la frontera del lejano oeste, se le suele asociar al famoso sheriff Wyatt Earp.

ijar: la parte más carnosa del flanco de un caballo.

marshal: en el contexto del lejano oeste, los «marshals» eran representantes oficiales de la ley y el orden en pequeñas comunidades, con funciones similares a las del «sheriff».

Masterson, William Barclay («Bat»): 1853-1921, oficial estadounidense que defendía la frontera del lejano oeste.

mezquite: árbol o arbusto espinoso originario de la región suroeste de EE.UU. que suele formar extensos matorrales de vainas dulces y se utiliza como planta forrajera.

novelas de a duro: son el equivalente español a los *pulps* norteamericanos. Su nombre hace alusión al precio que costaban en los años cincuenta en España (un *duro* era una moneda de cinco pesetas).

Overland: nombre utilizado para denominar las diligencias que transportaban pasajeros y objetos de valor de una parte a otra del país durante la segunda mitad del siglo diecinueve.

Parca, la: la muerte, o su representación en figura de esqueleto con una guadaña.

piamonte: raza de caballos de la región del Piamonte estadounidense. Esta región está ubicada entre las montañas Apalaches y los valles costeros del Atlántico.

pinochas: hojas o ramas del pino.

ranger: soldado especializado en la vigilancia y labor policial de un territorio específico. Originalmente, se especializaban en el seguimiento y captura de individuos o grupos que, sin llegar a constituir ejércitos formales, tenían cierta estructura militar y solían actuar en territorios lejanos y aislados. Por estas características, solían ser individuos aventureros, voluntarios y oriundos de la propia zona.

sarape: prenda de vestir mexicana que consiste en una especie de manta de colores vivos.

Scheherazade: legendaria reina persa y la narradora en el libro de cuentos árabe titulado *Las mil y una noches.*

sheriff: en Estados Unidos, representante de la justicia que se encarga de hacer cumplir la ley.

última batalla del General Custer: batalla de 1876 que tuvo lugar en Montana cerca del río Little Bighorn entre la caballería de Estados Unidos, capitaneada por el General Custer, y varias tribus indias. Custer subestimó el tamaño de las fuerzas sioux (apoyadas por guerreros cheyenes) y murió junto a todo su regimiento.

velarte: paño de lana lustroso de textura densa empleado antiguamente para capas y otras prendas de abrigo.

Winchester: marca de los primeros rifles de repetición fabricados por la compañía de armas Winchester y de uso extendido en EE.UU. durante la segunda mitad del siglo diecinueve.

zahón: especie de mandil, principalmente de cuero, atado a la cintura, con perneras abiertas por detrás que se atan a la pierna, usado por cazadores, vaqueros y gente de campo para resguardar el traje.

L. Ronald Hubbard
en la Edad de Oro
del género *pulp*

Cuando un autor escribe un relato de aventuras debe saber que está viviendo una aventura que la mayor parte de los lectores no puede vivir.
El autor tiene que llevarlos por distintas partes del mundo y transmitir emoción, amor y realismo.
Si el autor adopta el papel de aventurero mientras aporrea las teclas, tendrá éxito con el relato.

La aventura es un estado de ánimo.
Si uno vive la vida como una aventura, las posibilidades de alcanzar el éxito son grandes.

La aventura no significa exactamente ser un trotamundos ni protagonizar grandes hazañas.
La aventura es como el arte.
Hay que vivirla para que sea real.

L. RONALD HUBBARD

L. Ronald Hubbard
y el género *pulp* americano

L. Ronald Hubbard nació el 13 de marzo de 1911 y vivió una vida al menos tan expansiva como los relatos que cautivaron a cien millones de lectores durante sus cincuenta años de trayectoria. L. Ronald Hubbard era natural de Tilden, Nebraska, y sus años de formación transcurrieron en la escarpada Montana, repleta de vaqueros, representantes de la ley y forajidos que luego poblarían sus aventuras del Lejano Oeste. Y si alguien cree que para escribir estas aventuras se inspiraba en experiencias indirectas, cabe decir que no sólo domaba potros salvajes a una corta edad, sino que además era de los pocos blancos que fue admitido en la sociedad de los Pies Negros (Blackfoot) como auténtico hermano de sangre. Para culminar la educación de aquel muchacho agreste y alborotador, su madre —una singularidad de aquellos tiempos, pues era una mujer muy culta— lo inició en la lectura de los clásicos de la literatura occidental cuando aún no había cumplido siete años.

Sin embargo, como muy bien saben los devotos lectores de L. Ronald Hubbard, su mundo se extendía mucho más allá de Montana. De hecho, al ser hijo de un oficial de marina de Estados Unidos, a los dieciocho años ya había recorrido casi medio

L. Ronald Hubbard, a la Izquierda, en el «Congressional Airport», de Washington, DC, 1931, con miembros del club de vuelo de la universidad George Washington.

millón de kilómetros, incluidas tres travesías por el Pacífico rumbo a Asia, por entonces un continente aún misterioso. Allí se codeó con personas como el agente secreto de Su Majestad Británica en el norte de China y el último descendiente de los magos reales de la corte de Kublai Kan. Cabe mencionar que L. Ronald Hubbard también fue uno de los primeros occidentales que consiguió entrar en los prohibidos monasterios tibetanos que hay debajo de Manchuria, y sus fotografías de la Gran Muralla de China ilustraron durante mucho tiempo los libros nacionales de geografía.

Cuando regresó a Estados Unidos, el joven L. Ronald Hubbard finalizó apresuradamente sus estudios interrumpidos de secundaria e ingresó en la Universidad George Washington. Como seguramente sabrán los admiradores de sus aventuras aéreas, allí recibió sus insignias como pionero de vuelo acrobático en los albores de la aviación estadounidense. También se ganó un lugar en los libros de las mejores marcas en vuelo libre por realizar el vuelo ininterrumpido más largo sobre Chicago. Es más, como periodista itinerante de la revista *Sportsman Pilot* (donde aparecieron sus primeros artículos profesionales) inspiró a toda una generación de pilotos que transformaría la aviación estadounidense en una potencia mundial.

Nada más finalizar su segundo año universitario, Ronald se embarcó en la primera de sus expediciones etnológicas, cuyo destino inicial fueron las costas caribeñas, por aquel entonces ilimitadas (las descripciones de aquella expedición llenarían más adelante páginas enteras de su colección de relatos de suspense y misterio ambientados en Las Antillas).

No es casual que el interior de Puerto Rico también aparezca en los futuros relatos de L. Ronald Hubbard. Además de los estudios culturales de la isla, la expedición de LRH de 1932-33 se recuerda con acierto por ser el marco del primer estudio mineralógico llevado a cabo en Puerto Rico bajo jurisdicción estadounidense.

Hubo otras muchas aventuras de este tipo:

Cuando era miembro vitalicio del célebre Club de Exploradores, L. Ronald Hubbard trazó un mapa de las aguas del Pacífico Norte con el primer radiogoniómetro que hubo a bordo de un barco, lo que lo convirtió en pionero de un sistema de navegación de largo alcance que se utilizó universalmente hasta finales del siglo veinte.

L. Ronald Hubbard en Ketchikan, Alaska, 1940, en su expedición experimental de radio a Alaska, el primero de los tres viajes realizados con la bandera del Club de Exploradores.

Por otra parte, también le concedieron una inusual licencia de Capitán de Barco, lo que le permitía pilotar todo tipo de embarcación, de cualquier tonelaje, en todos los océanos.

Para no desviarnos excesivamente del tema, hay una nota del propio LRH referente a su colección de relatos en la que dice: «*Empecé escribiendo para las revistas* pulp, *escribiendo lo mejor que podía, escribiendo para todas y cada una de las revistas que se publicaban, tratando de abarcar lo máximo posible*».

Y podríamos añadir lo siguiente: sus primeras entregas se remontan al verano de 1934, con relatos inspirados en aventuras reales vividas en Asia y personajes basados hasta cierto punto en los agentes secretos británicos y americanos que había conocido en Shanghai. Sus primeros relatos del Oeste también estaban sazonados con anécdotas extraídas de su experiencia personal, aunque fue entonces cuando recibió su primera lección del mundo de las revistas *pulp*, a menudo cruel. Sus primeros relatos del Oeste fueron rechazados con rotundidad por carecer del realismo de las historias de un Max Brand, por ejemplo (un comentario especialmente frustrante dado que los relatos de L. Ronald Hubbard salían directamente de su tierra natal de Montana, mientras que Max Brand era un mediocre poeta neoyorquino llamado Frederick Schiller Faust que escribía cuentos inverosímiles con muchos tiroteos desde la terraza de una finca italiana).

Un hombre de múltiples nombres

Entre 1934 y 1950, L. Ronald Hubbard publicó más de quince millones de palabras de ficción en más de doscientas publicaciones clásicas. Para ofrecer a sus admiradores y editores infinidad de relatos en una variedad de temas y títulos del género pulp, *adoptó quince seudónimos, además de su ya célebre firma L. Ronald Hubbard.*

Winchester Remington Colt
Lt. Jonathan Daly
Capt. Charles Gordon
Capt. L. Ronald Hubbard
Bernard Hubbel
Michael Keith
Rene Lafayette
Legionnaire 148
Legionnaire 14830
Ken Martin
Scott Morgan
Lt. Scott Morgan
Kurt von Rachen
Barry Randolph
Capt. Humbert Reynolds

Sin embargo, y está de más decirlo, L. Ronald Hubbard perseveró y pronto se hizo un nombre entre los autores que más publicaban en este género, con una cifra de aceptación del noventa por ciento de sus manuscritos. También era uno de los autores más prolíficos, con un promedio que oscilaba entre las

L. Ronald Hubbard, hacia el año 1930, a comienzos de una carrera literaria que iba a extenderse medio siglo.

setenta y las cien mil palabras al mes. De ahí surge el rumor de que L. Ronald Hubbard rediseñó una máquina de escribir con un teclado más rápido que le permitía escribir sus manuscritos a toda velocidad utilizando un rollo de papel continuo y de ese modo no perder los valiosos segundos que llevaba insertar una sola hoja de papel en las máquinas de escribir manuales de aquellos tiempos.

El hecho de que no todos los relatos de L. Ronald Hubbard llevaran la misma firma responde a otro de los aspectos del género *pulp*. Los editores rechazaban cada cierto tiempo los manuscritos de las figuras más destacadas del género con el fin de ahorrarse los altos honorarios, de modo que L. Ronald Hubbard y compañía eran dados a utilizar seudónimos con esa misma frecuencia. En el caso de Ronald, algunos de los seudónimos utilizados fueron: Rene Lafayette, capitán Charles Gordon, Lt. Scott Morgan y el infame Kurt von Rachen, supuesto fugitivo buscado por asesinato mientras escribía sin tregua su prosa

El secreto de la isla del tesoro, *de 1937, fue una serie de quince episodios adaptada para la pantalla por L. Ronald Hubbard a partir de su novela* Asesinato en el castillo pirata.

vehemente en Argentina. La ventaja era la siguiente: mientras LRH escribía relatos de intriga del sureste asiático con el seudónimo de Ken Martin, también escribía romances del Oeste con el seudónimo de Barry Randolph, y así, abarcando una docena de géneros, es como pasó a formar parte de los doscientos autores de élite que aportaron casi un millón de relatos durante los días de gloria del género *pulp* americano.

Prueba de ello es que en el año 1936, L. Ronald Hubbard dirigía literalmente la élite de este género como presidente de la filial neoyorquina del Gremio Estadounidense de Ficción. Entre sus miembros había una auténtica galería de personajes famosos, figuras de la talla de Lester Dent «Doc Savage», Walter Gibson «La Sombra», y el legendario Dashiell Hammet, por citar sólo algunos.

Otra prueba de la posición que ostentaba L. Ronald Hubbard en sus dos primeros años del circuito del *pulp* es que en el año 1937 se instaló en Hollywood y participó de la creación de un *thriller* caribeño para Columbia Pictures, recordado en la actualidad por el nombre de *El secreto de la isla del tesoro*. La serie estaba compuesta por quince episodios de treinta minutos y gracias al guión de L. Ronald Hubbard se convirtió en la serie matinal más rentable de toda la historia de Hollywood.

A partir de entonces, de acuerdo a la tradición hollywoodense, lo convocaron en múltiples ocasiones para reescribir o arreglar guiones, sobre todo para su viejo amigo y compañero de aventuras Clark Gable. Mientras tanto —y esta es otra faceta característica de L. Ronald Hubbard— trabajaba continuamente para abrir las puertas del reino del *pulp* a otros autores prometedores, o simplemente a todo aquel que deseara escribir.

Su postura era muy poco convencional si pensamos que los mercados ya empezaban a debilitarse y la competencia era feroz. Pero la realidad es que uno de los rasgos distintivos de L. Ronald Hubbard era su apoyo incondicional a la promoción de jóvenes autores, para lo cual escribía con regularidad artículos educativos en revistas especializadas, lo invitaban a dar clases de escritura de cuentos en las universidades de George Washington y Harvard y hasta creó su propio concurso de escritura creativa. El concurso, que se llamó Pluma de Oro, se estableció en 1940 y garantizaba a los ganadores representación en Nueva York y publicación en *Argosy*.

L. Ronald Hubbard, 1948, entre otros compañeros destacados del género de la ciencia ficción, en la Convención Mundial de Ciencia Ficción de Toronto.

Sin embargo, lo que acabó siendo el vehículo de LRH más memorable fue la revista *Astounding Science Fiction* de John W. Campbell Jr. Aunque los admiradores de la épica galáctica de L. Ronald Hubbard conocen sin duda la historia, merece la pena repetirla aquí: a finales de

1938, una poderosa editorial del género *pulp*, Street & Smith, se propuso renovar la revista *Astounding Science Fiction* para ampliar el número de lectores. En concreto, fue F. Orlin Tremaine, director de redacción, quien solicitó relatos que tuvieran un *elemento humano* más contundente. John W. Campbell, director en funciones, se resistió porque prefería sus relatos de naves espaciales y fue entonces cuando Tremaine llamó a Hubbard. Y Hubbard respondió escribiendo los primeros relatos del género

que dieron absoluto protagonismo a los personajes, donde los héroes no se enfrentan a monstruos de ojos saltones sino al misterio y la grandiosidad del espacio interestelar: ese fue el principio de la Edad de Oro de la ciencia ficción.

Ya sólo los nombres pertenecientes a esta época bastan para acelerar el pulso a todo el que sea

Portland, Oregón, 1943; L. Ronald Hubbard, capitán del cazasubmarinos PC 815 de la armada de EE.UU.

aficionado a la ciencia ficción: figuras de la talla de Robert Heinlein, amigo y protegido de LRH, Isaac Asimov, A. E. van Vogt y Ray Bradbury. Y si a eso le sumamos la fantasía de LRH, llegamos a lo que se ha dado en llamar, con acierto, la base del relato de terror moderno: la inmortal *Miedo*, de L. Ronald Hubbard. Stephen King declaró que era una de las pocas obras que merecen con toda justicia el trillado calificativo de «clásica»: «*Es un relato clásico de amenaza y terror progresivos y surrealistas… Una de las obras buenas de verdad*».

Para dar cabida al conjunto de relatos de fantasía de L. Ronald Hubbard, Street & Smith lanzó *Unknown*, una revista *pulp* clásica donde las haya, y pronto ofreció a los lectores emocionantes relatos como *Una máquina de escribir en el cielo* o *Esclavos del sueño*, que provocó el siguiente comentario de Frederik Pohl: «Hay fragmentos de la obra de Ronald que pasaron a formar parte de la lengua de un modo que no han logrado muchos escritores».

> **Apagón final**
> *es un relato de ciencia ficción perfecto, nunca se ha escrito nada igual.*
>
> **Robert Heinlein**

De hecho, y a insistencia de J. W. Campbell Jr., Ronald se inspiraba con regularidad en temas de *Las mil y una noches* y presentaba a los lectores el mundo de los genios, Aladino y Simbad, un mundo que sigue flotando en la mitología cultural hasta el día de hoy.

En lo que respecta a relatos post-apocalípticos, *Apagón final*, escrita por L. Ronald Hubbard en 1940, fue cuando menos igual de influyente, muy elogiada por la crítica y definida como la mejor novela contra la guerra de toda la década y una de las diez mejores obras del género de todos los tiempos. Se trata de otro relato que iba a perdurar de un modo que pocos escritores imaginaron. Este fue el veredicto de Robert Heinlein: «Apagón final *es un relato de ciencia ficción perfecto, nunca se ha escrito nada igual*».

Como sucedió con tantos otros que vivían y escribían aventuras del género *pulp* americano, la guerra acabó trágicamente con la permanencia de Ronald en las revistas *pulp*.

Sirvió meritoriamente en cuatro teatros de operaciones y fue muy condecorado por mandar corbetas en el Pacífico Norte. Pero también padeció graves heridas de guerra, perdió buenos amigos y colegas y decidió despedirse del género *pulp* y dedicarse a lo que había logrado financiar tantos años gracias a sus relatos: sus investigaciones serias. Sin embargo, no iba a ser este el fin de la antología literaria de LRH. Cómo él mismo señaló en 1980:

«Tuve un periodo en el que no tenía mucho que hacer y lo viví como una novedad en mi vida, siempre tan llena de acontecimientos y años atareados, de modo que decidí divertirme escribiendo una novela de ciencia ficción pura».

La obra era *Campo de batalla: La Tierra, una epopeya del año 3000.* Fue en éxito de ventas inmediato en la lista del *New York Times*; es más, se convirtió en el primer éxito internacional de ciencia ficción en décadas. Con todo, no fue la obra maestra de L. Ronald Hubbard, pues este juicio se reserva por lo general para su siguiente y último título: *Misión Tierra*, una obra de 1,2 millones de palabras.

Otro elemento de la leyenda de L. Ronald Hubbard es cómo se las ingenió para escribir 1,2 millones de palabras en poco más de doce meses. Pero la realidad es que escribió una *decalogía* de diez volúmenes que ha marcado historia en el mundo editorial debido a que todos y cada uno de los volúmenes de la serie también fueron éxitos de ventas de la lista del *New York Times*.

Es más, a medida que las nuevas generaciones iban descubriendo a L. Ronald Hubbard a través de la reedición de sus obras y adaptación de sus guiones al formato novela, el solo hecho de que su nombre apareciera en la portada ya anunciaba un nuevo éxito de ventas internacional... Además de que, hasta la fecha, las ventas de sus obras superan los cientos de millones, L. Ronald Hubbard continúa ocupando su lugar entre los autores más leídos e imperecederos de la historia literaria. Como colofón a los relatos de L. Ronald Hubbard, tal vez baste con repetir sencillamente lo que los editores decían a los lectores en la época gloriosa del género *pulp* americano:

¡Escribe como escribe, queridos amigos, porque ha estado ahí, lo ha visto y lo ha hecho!